MEMORY HOUSE
记忆坊文化

缪娟

著

Broker

北方文艺出版社

谁的心里都想要狂野的爱情，
只是有人跟现实妥协，
有人不肯而已。

目录
CONTENTS

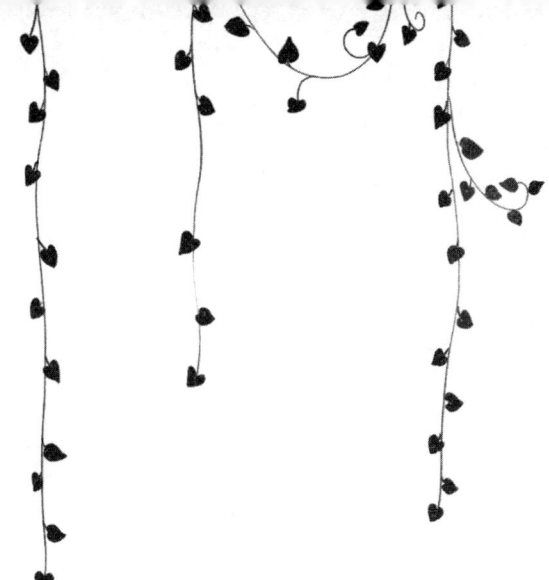

第一章

命定

她翻个身就后悔了。

刚才做得有点激烈，腰酸疼。她摸着床头坐起来，拿衣服，迅速地穿上，尽量小声。

这里冷。迎着月光看得见自己呼出来的白气，抽一下鼻子，呼吸不畅。

这声音惊动了他。

手放在她的胳膊上，手掌是温热的，他也没有说话。

她穿上大衣，拉上靴子的拉链就走，没回头。

下了楼，出了大门，才敢恨恨地懊恼，想说几句粗话，一直咬着牙齿。

　　她上了自己的车子，抬头看看他房间的窗户，两盆仙人掌。犹豫了一下，她拨了他的电话，才响了半声，他便接起来，却不说话。

　　"是我。"她说。

　　"嗯。"

　　"今天什么都没有发生，咱们俩得忘了这事儿。"

　　"……"

　　"你听见了？"

　　然后是忙音，他把电话挂掉了。

　　她发动车子走，想：话她是说到了，她总得吓他一吓，但愿他之后别做什么过格的事儿。

　　真是后悔啊，认识了才两个月而已。

　　裘佳宁是26岁的女博士后，北华大学王志里院士门下年轻的大弟子，王院士材料物理实验室的主任。

　　两个月前她的硕士班新进一名联合培养的学员，从云南来。

　　她给他们上课的时候看见生面孔，愣了一下。那人说："我叫周小山，新来的。"

　　她"嗯"了一下没当回事儿，然后让学生们开始做实验。

　　实验室里几个平时操作娴熟的女同学不知怎么，这一天都出了状况，纷纷向新同学求助，技巧稚拙，动机明显。

　　再看那周小山，答案就在那张英俊的脸上。

　　佳宁心里笑，书念了那么多，也都是些小姑娘啊。

她眼下正忙着。

除了日常给硕士生授课外，在王院士的主持下，她跟几个师兄弟合作的高耐热太空材料项目成功在望，该项目的高端成果材料A如果通过检验，将直接应用于军方载人航天计划。此外她还正在筹备几个月之后她跟记者秦斌的婚礼，秦斌此时在南方采访，所有事情又都落在她一个人身上，有点累。

下了课，硕士班的学生说，晚上要开个派对，请裘老师参加。

佳宁说："什么名目？"

"欢迎新同学啊。"班长说。

"嗯，我不去了。"佳宁说，"晚上还要去高端实验室。不过，我募捐。"她说，"你们拿来发票，我报销，好不好？"

学生们说"万岁"。

这个时候有电话打过来，看看号码，是秦斌。她出去接电话，这位大侠现在正在广西采访，信号不好，断断续续的，她说："注意身体啊。"

秦斌那边说："正蹲点呢，稍晚再给你打电话。"

她回实验室整理自己的东西，同学们都走了，只有周小山在整理器皿。

"这是干什么？"佳宁说，"你放在那里，有管理员来收拾。"

他说："不麻烦，一下就好。"

初秋的时候，阳光很好，暖暖照进来，周小山的脸，这样的阳光下，薄薄的白色。

"你去图书馆吗？"

他看看她，没说话。

"哦，"她说，"校园太大，你要是去，我开车载你一段，顺路。"

他拿起自己的书："好，麻烦你。"

佳宁开福特，在美国念了三年书，开快车成瘾，到现在都刹不了闸，在校园里也不肯慢行。

话没说两句就到了，佳宁说："再见。哦，对了，以后买一辆自行车，方便一点，周……"

"小山。"

她点点头，笑一笑："明天见。"

"谢谢你。"他下了车，在外面对她说，"以后请少吸烟，云烟更不要。谁都知道的，对身体不好。"

她开车回家，一路上还诧异，怎么自己这么注意，还在车子里留了味道？

她以为这老实巴交的周小山会是个好学生的，可他第二节课就缺席了。

佳宁没动声色，谁知第三节课仍然不见此人。

佳宁上课之前说："谁没来啊？"

没人回答。

"没人说我点名了啊。"她似模似样地拿计分册。

学生们咴咴笑起来，挺高兴的，自己又当回了小学生。

班长说："老师，是周小山没来。"

"为什么啊？"

"不知道啊。"

"你是怎么当班长的，关心关心啊，同学怎么能无故旷课呢？"佳宁说，"行了，大家先把烧瓶加热吧。"

可是，说到底也是个已成年的学生了，他再不出现，佳宁也不多过问了，谁不知道念书啊？人各有志。

那个周末她有个女同学从美国回来，召集了几个女性旧友，大家一起去喝酒。这几个人上大学的时候就是什么都比的主儿，佳宁从来不含糊，穿了香奈儿的低胸黑色小晚装去赴约，玫瑰红的嘴唇。

众女人被这天生姣好的女博士后比下去了，难免要揶揄几句。

甲女说："你当老师的打扮成这样也太不地道了。"

佳宁说："你嫉妒就嫉妒呗，也用不着这么给我扣帽子，我现在也没讲课。"

"我但愿你别讲课。"

众人举杯喝酒。

不知道是谁挑了这云南饭庄，菜肴味道酸鲜可口，米酒香醇，旧友重聚，实在高兴，一杯接一杯的，后劲上来了，平日里的淑女现了点原形，说话走板。

佳宁的婚事让大家关心，她们又都惋惜她怎么这么早就把

自己圈到围城里去了。

佳宁说："你们知道些什么？我与秦斌是青梅竹马。我在美国的时候，他拒绝了很多女孩。三年啊，我们每月一封信，他都留着呢。"

众女人后来同意"秦斌他是个好人"。

又有人问："有多相爱，最后决定结婚了？"

这个问题佳宁想了半天，发现回答不了了，叫服务生添酒，寻思赶快换下一话题，去洗手间之前抛出一大俗的题目：怎么才叫"相爱"？

她脚发软，扶着墙走了几步，看见认识的人。

吧台边上站着周小山，他也看见她了，就那么看着她，不说话。

因为酒精的作用，她就更气不打一处来，脚步落地有声地走过去说："班长跟你说过没有？实验课缺席五次以上，取消考试资格。"

"……"

"你在这里干什么？"

小山闷了半天说："……打工。"

她不冲他说话了，对大堂里穿西装打领带的领班说："经理呢？你是经理？非假期雇用大学生超时工作，你们是在给自己找麻烦，懂不懂？

"我是谁？

"我是他老师。"

这穿着名牌的艳女在饭店的大堂里拿美国的法律跟中国人理论成了一景，食客们好整以暇地观看，啧啧称奇。如果是真的，那此女真是当代知识分子的模范典型，智慧、美貌、责任、冲动，还有胸部的真材实料。

后来裘佳宁被周小山用衣服把上身裹得严实了，被推出了饭店还义愤填膺呢，手直抖，不知道是怒气还是酒精的作用。

小山把车钥匙从她的包包里拿出来说："我送你回家吧。"

除了告诉他路怎么走，他们两个一路无话。

最后停在她家小区的门口，小山说："这房子可真漂亮。"

她转过脸来跟他说："你是大人，可我是你老师，你听不进去，我也得跟你说。打工不是不行，怎么能把功课也耽误了呢？你现在挣那么几个小钱应付生活，耽误了学习、科研，以后能有什么出息？嗯？"

她的思想政治工作做得那叫一个顺口，此刻她聪明的脑袋里另一部分认为自己在教学科研之余完全可以胜任辅导员。

她说，他点头。

"我没有开玩笑，周小山你再旷课一次，就不要再来考试了。"

她从包包里拿出些钱给他："我身上不多，你先打车回学校，生活费的事儿，我们再想办法。"

他手里握着她的钱，看了看就放在口袋里，说：

"谢谢。"

她说："你走吧。"

他听话地下了车。

她拿出支烟自己点上。

他都招手打到车了，忽然折回来，从窗户外面将手伸进去把她嘴巴里的烟卷摘下来，扔在地上，踩熄了。

王院士后来知道了这件事儿，有一天打趣佳宁说："你都出名了，我们华大的科学家衣着光鲜地跟人家在饭店吵架。那天还有校友基金的人在呢，都认得你。"

"可是我帮了个学生。"佳宁理直气壮地说，"那同学没来几天就旷课，只此一役，不敢再犯了。"

"那值得。"王院士说，"是好学生吗？"

"聪明得很，脑袋和手都很灵活。"

"改天我也见见，一起吃顿饭？"

"说定了。"

他们在王院士的书房里修改对A材料的太空应用的说明报告，一个月后，即将呈递给军方。存贮材料配方、冶炼方法的硬盘此刻封存在王院士的保险箱里，如果通过军方的验收，正式被应用为新型的太空材料，这也就将成为这个国家的科技机密。

关于周小山家里的困难，裘佳宁当然没有扩散。她给他在实验室里找了个短工，让他帮助管理员收拾器皿，薪水从王志里院士实验室里出，每月1000元。管理员说："要不换他来干我的活儿，我给你当学生得了。"佳宁笑着说："老李，你说什么呢？孩子家里困难，咱当老师的不帮一把谁帮啊？"

"裘老师你心眼儿好，人又大方又有学问，娶你是福气。"

"哎，您过了啊。"她拍拍那老李的肩膀。

她做的事情自己没有当回事儿，周小山接受得也心安理得，此后他再也没有缺过课，很守规矩。

不久之后，有一天下了课，佳宁正喝水，周小山过来说："我家乡人给我带来普洱茶，你想不想尝尝？"

她那天心情不好，早上跟秦斌打了个电话，他在那边忙着赶稿子，没好气，话没说几句就挂断了，此时终于找到人发泄。

佳宁把水杯放下，都没有抬眼看周小山，边关电脑边说："我说，你这孩子怎么没礼貌啊？"

"啊？"他被她问得一愣。

"我是你什么人啊？管我叫你啊你啊的，周小山，你一路念书都这么叫老师来着吗？"

她余光看见他手里拿着个精致的纸袋，想那是他说的普洱茶："我不喝茶，你自己收着吧。"

有人闻声从外面进来："佳宁怎么今天火气这么大啊？"

是王志里院士。

佳宁站起来："老师。哦，没有，我有什么火气？您怎么来这儿了……"

"院里开会，我顺便过来看看低年级的学生。"

她看看小山："老师，这是那个云南来的同学，我跟您提起过的。"

王院士笑了："你老师这么厉害，你以后还敢不敢旷课了？"

小山说："再也没有了。嗯，是够厉害的。"

佳宁恶形恶状地斜他一眼。

周小山忽略。

"咱们去吃饭吧。佳宁你有没有时间？"

"我有时间。"佳宁说，"他没有。"

"我有。"小山说。

他们倒确实是有时间，一顿中午饭也喝酒，吃了两个小时。想不到王院士原来对云南颇有感情。

"您在那里支过农？怎么从来没说过？"佳宁说。

"我说了，你们忘记了。我住吊脚楼住了三年。"

"哦，这样说，我好像有点印象了。"

小山说："我家一直都住吊脚楼。后面是茶园，我妈妈自己炒茶叶。这是她做的。"

佳宁看一看，嘴里不说，心里有点后悔刚才抢白这个学生。

王院士问："之前来过北京吗？"

小山说："没有。"

"那应该逛一逛啊。"王院士说，"佳宁你有时间带他参观一下。"

这老头儿真是热情，佳宁心里想，可是拿她的时间和精力来送人情。她嘴里答应了，心里想着怎么阳奉阴违。

那袋普洱后来王院士笑纳了。

她送小山回宿舍，在楼下向上看一看，问："条件怎么样？"

"两人的房间，现在是我自己在住，还不错。"

"哦，"她看看他，"那好，明天见？"

小山也看看她："你什么时候带我参观一下城市？"

他说得她都笑了，这孩子是怎么了，真的把客气话当真啊？

"我忙。"她说。

"你答应的。"他看着她说，面容安静，眼光清澈，"吃饭的时候，当着王院士的面儿。"

"你没事儿吧？"她想说的是：你白痴啊？

周小山不急不躁，就是看着她，等着要个说法。

"那好吧，就周末吧，"她想还是应付了吧，"平时还有课呢。"她说，"到时候再约。"

他说再见，然后下车。

快进去的时候，她在后面按了几声喇叭。

他回过头来看她。

"我跟你交涉没有用，对不对？周小山，"她说，"你连声袭老师都不喊啊？我是你老师不是？"

他清清楚楚地说："不是。"

初秋天气，阳光和绿叶子糅在一起，杨树下的周小山，瘦削的脸孔似明似暗。

她是个学理工的人，对数字和公式有深厚的信任，大多数情况忽略直觉，可这个时候突然有些不吉祥的感觉涌上心头，这个年轻人让人不安。

缘于自我保护的本能，裘佳宁博士在这个周六故意忘记了些事情，上午去首钢看了一直合作的项目车间，下午又约了同父异母的妹妹洗韩式三温暖，晚上回到自己家，电视上在演尼古拉斯·凯奇的《天使之城》，她最喜欢的老电影。这次看，看到凯奇扮演的天使穿着黑衣，一贯的波澜不惊的表情，就觉得像是一个人。

恰在此时，手机响了。

她看到是学校的座机号码，就知道是谁了，过了一分多钟不接，对方没再打来。

窗外暮色无边。她发了一会儿呆。

不过半分钟，有人按门铃。她吓了一跳，手一抖，水溢出了半缸子。

不会这么邪门吧？

她慢慢走过去，停了很久才敢看门镜，立时松了一口气：风尘仆仆的未婚夫秦斌站在外面。

她给他放洗澡水，然后煮面条给他吃。

秦斌坐在澡盆里说："可真给我难为坏了，乔装打扮混进

赌场里去，就怕露馅。好在原来上大学的时候跟人家学过锄大D，故意输了点钱，转了几圈，拍了几张照片。"

"你胆子也忒大了。"佳宁往面条里打了两个鸡蛋，慢慢地搅动，"被逮到的话不就交代到那里去了？"

"是挺悬的。"秦斌说，"不过这组照片既是新闻素材又是呈堂证供，知道吗？公安部都弄不来的。"

她笑："吹吧，你。"

秦斌说："你那边呢？怎么样，快大功告成了吧？"

"快了。"佳宁说，"成功之后，我老师说要送咱们大礼当结婚礼物。"

"唉，说起来，你辛苦了啊，我基本上没干什么，结婚的事儿，全是你忙活的。"

"好说。"佳宁说，"不就是定酒席、买家具、写请柬、找熟人吗？我没问题。哎，你好了吗？出来吃面。"

秦斌没说话。

"秦斌？"

"你过来，我后背痒。"

她迈进浴室便被男人抓住纤细的脚踝，他胳膊坚强有力，另一只手轻轻一拉，她便被拽到浴缸里，衣服、头发湿了大半，眼光也乱了。

"想我没？"秦斌说。

"基本没有，忙着呢。"

"是女人不？"

她咯咯笑起来："我是不是，你不知道啊？"

说着就有火上来了，两个人在浴缸里闹了一回。佳宁还在找感觉呢，秦斌就累了，她心里叹了一口气，自己26岁，一定是老了，怎么就冷感了？

他说："对不起。"

她亲吻他的额头说："你吃完饭好好休息一下啊。"然后离开浴缸换了浴衣去给他盛面条。

在这个身体和心情都因为慵懒而丧失戒备的时候，电话响了。她没看号码就接起来，觉得声音好像从另一个世界传来："周末还有一天时间。"

"周小山？"

"是我。"

她拿着电话看向窗外，黑暗像墙壁一样坚硬，秋天的夜里，有雾蒸腾，湮没万家灯火。

她喉咙发紧，好半天，方说道："我忘了。哦，我跟你说了，我忙。"

"是忙，还是忘了？"

"……"

"……"

秦斌从浴室里出来，她立即把电话按了，又后悔，自己这是在做什么呢？跟个学生通电话有什么见不得人的吗？可也没有再打过去。

她这一夜梦见他，自己也不觉得意外。

年轻人白脸孔，真是英俊，仔细看，眉目间又分明有些挑衅的味道，看着她，微微含笑。

"我不欠你的，"她说，"怎么好像追着我要债一样？"

"谁说你不欠？"梦里面的周小山说，脸孔忽明忽暗。

"我是你老师。"

"不是。"

即使是在梦里，她做事说话也不愿意纠缠，几句话不投机就要抽身而退。年轻人忽然伸手过来，要抓住她的胳膊。

她当即睁开眼睛，一身的冷汗。

第二章

暗流

星期日下雨。

秦斌早上起来给领导、同事、兄弟、同学打了一圈电话报平安，佳宁坐在窗边的沙发上咬指甲。他收了线，过去把她的手拔下来："你干什么啊？烦什么呢？"

她说："咱们别在家里待着，吃饭去吧？"

他说："下雨呢。"

"走吧。"

二人在离家不远的"马克西姆"吃西餐，裘佳宁心不在焉，味同嚼蜡，不时向外看看，这雨好像越下越黏，坏心眼儿地不肯停下来。她劝慰自己，这可不是她诚心爽约，是老天爷不给面子。

秦斌碰到了熟人，带她上去打招呼，对方也是年轻的一对儿，听说他们要结婚了，凑到一桌来探讨不如年底一起出去旅行的事儿。秦斌的提议是，就去西藏，自驾，几个人轮流开车。

佳宁在看手机。

"你是不是有事儿啊？"秦斌说。

她脑袋里面转得飞快，抬头张嘴就是句谎话："我一直觉得实验室里有东西没放好。"

"那你快去看看吧。"

"你等会儿自己回家？"

"没问题，快去吧。"

她伞也没打就跑出去。雨天里开车，从城东上四环绕到城西，在学校的大门口按了下喇叭就穿过去，擦着学生的衣角一路狂飙，被减速坡颠得腰生疼，直开到上次来过的周小山的宿舍下面，"嘎"地一下狠刹住车子。

她在镜子里看看自己，面红耳赤头发乱，这一路像是撒腿跑过来的一样。

略微狼狈。

要么昨天就不应该说话不算话，要么今天就应该彻底不来，眼下都是下午了，要带他去哪里参观呢，本校校园还是旁边的颐和园？

不过这不是关键，关键是，她觉得自己有点乱。

吸了一支烟之后，她给他打了个电话，没人接。

佳宁向上看一看，他的窗子开着，杨树的一根大枝丫探到房间的里面去。

佳宁又等了一会儿，下了车上楼去找他。

楼里面人不多，星期日，学生们打工的、学习的、约会的，也都各有安排。走廊里成片悬挂着男生的衣服、鞋子，汗味、体味、肥皂的味道混杂在一起，乱七八糟的。

周小山的房间开着门，她过去之前先咳嗽了一声，然后一进去便愣住了。

小山不在，一个女孩坐在房间里。

女孩年龄不大，巴掌脸孔，大眼睛，嘴巴又小又厚实，肌肤是麦色的。她穿着白色细吊带和牛仔裤，胳膊肌肉结实，线条美好，肩膀上的黑色三角形文身很抢眼。

这是个漂亮姑娘，脸孔凹凸有致，像外国人，马来人。目光里也像是有南亚的艳阳，她看着佳宁，放肆得有点跋扈。

"周小山呢？这不是他的房间吗？"佳宁朗声问，直截了当，正气凛然。

"是他的房间。"女孩说，"他马上回来。"

她坐在椅子上转了半圈，还盯着佳宁看，穿着牛仔裤的长腿交叠着，黑色的尖头皮靴子，脚尖向前。

佳宁想，漂亮是漂亮，可是，一身衣服，从背心穿到靴子，从夏天穿到冬天，要是她妹妹，她得教教她怎么配衣服又好看又舒适才行，免得自己上冷下热地遭罪。

她走过去，伸手拽了另一张椅子坐，问那女孩："你是谁啊？"

"你先说。"

"我是他老师。"

话音未落，周小山就从外面进来了，手里拿着铁盆和毛巾，头发湿漉漉的，刚洗过的样子。

他看看她们，女孩把叠着的双腿放下了，慢慢坐直身子。

他没有打算将二者介绍给对方，对那女孩说："你先走吧。"

佳宁给她面子不去看她，从口袋里拿出来手机摆弄，余光看见尖头的黑皮靴子离开，走到小山前面的时候，顿一顿，心怀不甘，无可奈何。

那女孩走了。她还是在摆弄自己的手机，看见周小山的脚走过来，走到自己身边。

她坐着，他站着，有年轻男人温热的气息，渐渐在头上接近了，他分明是弯下身来，她不敢抬头。

她嗅到他洗发水的味道。

她在乱摁手机上的按键。

她听见他说："你吸烟了？"

她在局促之中抬起头来，正对上他嵌在白玉般脸上的眼睛："没有。"

他说："说谎。"

离得太近了，气息拂面，她不能反应，无法作答，只觉得

陷在他墨潭似的一双眼里。

好在窗是开着的，有冷风吹来，夹着点雨星，落到她脸上，她缓缓镇静住："说什么呢？我吸烟不吸烟的关你什么事儿啊，到底？"

佳宁向后仰着身子站起来，走到窗户边上，脸向着外面："你看，我是守信用的，今天下雨，我还是来了，不过，你说这样咱们能去哪里呢？颐和园你也是去过的吧？没什么意思，对不对？"

身后面的周小山说："那就去吃饭吧，我们去吃兰州牛肉面。"

她看看手表："现在是4点钟。"

"我饿。"

在离学校不远的小馆子里，她坐在他的对面，看着他吃面条的时候想：这个人怎么总是能把对别人过分的要求说得那样理直气壮呢？

"你不吃？"周小山说。

"我吃过了。"她手里翻着《故事会》。

学校附近的小饭店因为要与在地理位置上占优势的食堂竞争，食物的味道总是不错。数年前佳宁还在北华念书的时候，是牛肉面店的常客，现在她用余光看着周小山吃得香喷喷的，那牛肉汤的香味又一再地往她的鼻子里面钻，就有点受不了，对着老板明知故问："有没有小碗的？"

答曰："没有，一律8元。"

佳宁还做姿态："这我也吃不了啊，行了，您先给我做一碗吧。"

他嘴角一牵，像在笑。

佳宁的那一碗上来，她吃着吃着就吃完了，自己心里合计：这还了得了？中午吃了那样大的一个牛排和提拉米苏。

她拿了钱出来要付，小山说："我都付过了。"

"那怎么行？我请你。"

"为什么一定要你请我？"小山说。

"我是你老师。"

他没作声。

她之后知道，这是他最习惯说"不"的方式。

从小餐馆里出来，雨已经停了，有晚霞，浅浅的橘色，悬在空中。空气被洗干净了，深呼吸，润到人的心肺里。

她按了钥匙要开车门，身后的周小山说："你要走了？"

"嗯。"她说，看看他，"谢谢你请我吃面。"

"谢谢你才对。"他说，"走了这么远的路，跟我吃一顿牛肉面。"

她微微笑："这个你倒不必介意，我答应王院士的，这笔人情账记在他的身上。"

她开车回家就不似来的路上那样心急火燎，慢悠悠地随着车流前进。堵车，音乐台里播送明天的天气预报，说星期一会降温，这个周日就这样结束了。这巨大的城市，她一个下午跑了个来回，只是跟周小山吃了一顿牛肉面。

回了家，秦斌在自己的房间里整理照片，对她说："你给马千里师兄回一个电话，他说有急事儿找你。"她这才发现自己的手机没电了。

老马的爱人在美国做客座研究员，剩了他一个人在北京带着女儿，女儿突然病了，现在正在附属医院打点滴，原本该在第二天出发去南京开会的老马一筹莫展，只好请佳宁代替他去。

佳宁收拾箱子的时候嘱咐秦斌说："你明天去学校帮我填换课申请啊，教育部最近要评估了，形式上的事儿抓得可严了。"

"没问题，这个我轻车熟路了。"秦斌说，"我要是不出去采访，主要不就是在家里给裘老师你当好后勤吗？"

"我个人认为你对自己的本职工作有非常深刻的理解。"

秦斌说："佳宁你快来。"

"别想干坏事儿，我这儿忙着呢。"

"不是，你来看看我的照片，保证开眼。"

她听他说就好奇了，过去一看，惊讶道："这是赌场还是皇宫？"

"边境线上的'彼得堡'，整个东南亚最红的销金窟，怎么样？爆炸性的吧？"

秦斌用针管相机拍摄的照片不多，却可见那赌场"彼得堡"金碧辉煌。银线象牙轮盘、蓝色天鹅绒扑克台、老虎机、色子机、赌马机一应俱全，其间还有东西方的喷火女郎穿梭，美艳夺魂，客人们衣香鬓影，意兴正酣。

佳宁觉得那照片中某人的脸孔如此熟悉，指着说："哎，这不是……"

"就是他。"

"我的天啊，他怎么有钱去赌博？"

"佳宁你真是天真得可以。他没有，纳税人有啊。"

"你这几张照片可真是……"佳宁坐在秦斌边上，"你不会给自己找麻烦吧？"

他摁键将画面关上了，好半天没说话，转头看看佳宁，面无表情，道："我不知道。"

佳宁第二日早上飞南京，秦斌遵照指示去大学给她填换课申请。冶金学院教学办管排课的吴老师跟他挺熟的，马上就问起来他跟佳宁结婚的事儿，嘱咐说，办喜宴的时候一定都请到。

秦斌也是爱说话的人，正聊得热闹呢，一个男生敲门进来问："裘老师的实验课还上不上了？学生都等了半节课了。"

吴老师说："你看我这脑袋，光顾着跟你说话了，都忘了通知学生了。"转头对那男生说，"不上了，这个星期的课都停，裘老师去南京开会去了。周小山，你通知同学一下。"

秦斌看了那男生一眼，没忍住，就又看了一眼，心里说：也有男的长成这样啊？小白脸在北华念硕士，这还让不让别人活了？

他跟吴老师告别，到楼下取车子，佳宁的福特是火红色

的，跟她这个人一样扎眼。

佳宁的那个叫什么小山的学生在门口跟别人说话呢，秦斌又看看他，小山也看看他。

他去了报社见主编，将那几张照片和稿子给他看。老头儿沉吟良久说："不是别的问题，这个报道分量可是够重的啊。"

"您派我去不就是挖大料的吗？"

"得做处理。"

"嗯。"

"先放一放，你先休息几天，刚回来不用着急上班啊。我跟副总商量一下，等哪一天专门开个会，我们研究研究。"

佳宁不在，他每日看电视、吸烟、逛狗店。这一天正在玩一只哈士奇的耳朵，他突然接到老同学杨名声的电话，约他晚上喝酒。

杨名声如今真是扬名声了，进出口的生意做得很顺，驾保时捷来酒廊，腕表亮过交通灯。

"你十年不找我了，我还当再也见不着陛下了呢。"

杨名声道："我有好买卖，只有你能做。"

"你开什么玩笑？"秦斌说，"我要是能做买卖，还用得着现在开老婆的福特吗？"

他拍他肩膀："保时捷会有的。"

"说来听听。"

"有人想从你这里买点东西。"

"……"

"你是不是最近去了趟南方啊？你把我朋友一不小心照到你的相片里去了。"

"什么意思？"

"他想买回来。别的无所谓，就是他自己的照片。"杨名声的眼睛从水晶镜片后看着他，"秦斌，你开价吧，多少都不算离谱。"

他把事情从头到尾在脑海里过了一遍，基本上整理出了脉络，主编说要开会研究，这个会他是跟谁开的？

世界多么小，照片里的公仆，自己的领导，还有眼前的这位旧同窗，原来都是一个道上的人。

他狠狠地吸了几口烟："说什么呢？我都听不懂。你不是来叙旧的啊？去什么南方啊，我刚从朝鲜回来。"

这老同学面不改色："叙旧好啊，秦斌，记不记得咱们大四的时候，全寝室的哥们儿都逃课，就你不逃，给所有人带假条，结果怎么着？临毕业，辅导员把你这班长撤了，你成绩那么好，优秀学生都没拿着。你说你值得吗？"

秦斌笑着说："有这么回事儿。不过，你现在跟我说也没用了，人老了，做事儿就这么定型了，自己也改不了。"

杨名声把烟掐了，走之前把名片给秦斌："得了，你别嘴硬了，有什么想法跟我联系吧。"

秦斌连再见都没跟杨名声说，打了个电话给远在南京的佳宁，她在那边都睡了，混混沌沌地说："这么晚了，给我打电

话干什么啊？"

"我问你件事儿。"

"哦……"

"你说，我一个名记者，你一个科学家，咱俩缺钱不？"

"不啊。"

"咱俩为什么努力工作？我跑新闻，你搞科研，都累得跟孙子似的。"

"为了大地的丰收，为了母亲的微笑。"裘佳宁在那边都笑起来了，"刚认识的时候不就讨论过的吗？"

"行了，我就问一问。你好好睡吧，啊，美女科学家。"

他收了线，结账回家。

开车的时候，秦斌想起佳宁的话，心里很是踏实，觉得自己的选择和眼光都不错，对女人，对工作。

车子在一个路口遇红灯，停下来。

车窗突然被砸碎。

第三章

蛊惑

四个歹徒执棒球棍在外面把车窗砸碎。秦斌迅速掏出手机拨打110，还没摁完数字就中招了，球棍准确地击在他握着电话的手上，"噗"地一下，电池爆炸，碎片刺在他的手掌中，鲜血淋漓。

一人拽着头发将秦斌拉出车外，他伸手要翻对方的腕，与此同时，腰部又遭到重击，下一秒钟头部被一掌击中，额头重重地撞在地上。

整个过程不过几十秒钟，秦斌的头被人用膝盖顶在地上，脸擦在粗糙的柏油路上，口中、胸腔中有血腥味，却不得吭一声。

　　来人用球棍一下下地点他的头，终于开腔："哥们儿你也太多事了。有人让我们过来要东西，要什么，估计你自己知道吧？立马拿出来，大家都省事儿。啊，听话。"

　　"找、错人了吧。"秦斌挣扎着说。

　　"跟你八条街了，好不容易找着个僻静地方谈公事，你怎么还跟我胡说啊？"他头上的棍子力道一点点加重，突然狠狠一下，疼得钻心，秦斌头昏眼花的，觉得有热乎乎的液体流下来。

　　"你给我开了脑瓢，我就更弄不清楚状况了。"秦斌说。

　　"那我灭了你，不就更一了百了了？"

　　"随便吧。"

　　"那兄弟今天我就开导你吧。"

　　他闭上眼听见棒球棍疾速落下陡峭的风声，浑身的细胞在绝望之中似乎蜷缩成一个小团准备听天由命。可是，这个时候，秦斌却突然觉得颈上一松，原来逼他就范的强硬的膝盖被一股更蛮横的力量掀开，他忍痛想要起身，却无能为力，身体像被撕裂一样疼痛。

　　搏斗的声音，钝重的凶器卷起的风的声音，肉体激烈碰撞的声音，骨头碎裂的清脆声音……他头上的血流下来，流到眼睛里，视野一片模糊。突然这些声音结束了，有人轻轻拍他的肩膀，他抬头看，看到红色的月光里，年轻人白净的脸，问他："你还好吧？"

　　他认得他，几天前见过的，佳宁在北华的学生，叫什么小山。

之后的事情，头部受创的秦斌记得不是特别清楚。

过了很久他醒来，躺在医院的病床上，浑身都打着绷带，手被一个人握着，看一看，是裘佳宁。

她见他醒了，轻声喊："秦斌，听见我说话没？"

他在嗓子眼里"嗯"了一声，断续地说："倒霉，车子开得还是不如你好。"

"别跟我撒谎了，我都知道了。谁跟你结这么大的仇？是不是，"她压低声音，"是不是那照片的事儿？"

他心里说，这聪明的女的还真难缠呢，乱七八糟知道那么多干什么啊？干哑的嗓子说不出来，眉头就皱上了。

会错意的佳宁说："你放心，我没告诉你妈。"

他说："你学生救的我。"

"哦，"佳宁看看他，"我知道了，是周小山。是他打电话到南京通知的我。"

"谢谢人家啊。"

"能不吗？"佳宁惴惴不安，"我觉得，要真是这样的，他们冲着那些照片来，咱们得报警。"

"我心里有数。"他说，"给我点支烟。"

佳宁摸摸手袋："我没有了，我去给你买吧。"

"快点啊。"

佳宁起身，端详他，半天没动。

秦斌不解："怎么了？"

"你这个造型好，像木乃伊，有考古价值。"

秦斌哭笑不得："你这女人能不能有点同情心？"

她咯咯笑着出来带上门，站在门口，吁了一口气，那笑容骤然间就消失了，肩膀疲惫地落下来，很长时间没动地方。周小山就坐在她身边的长凳上，看看她："他醒了？"

"嗯。"佳宁说，"醒了。"

他起身："我走了。"

"我送你。"

"不用。"

"他也正要些东西。"

二人坐电梯下楼，行至一半，有人上来，60多岁的老人，穿病号服，一个人挂拐。小山伸手扶他上来。

老人说："今天阳光好。"

小山说："但也不能晒太久，您小心秋老虎。"

佳宁和小山走出住院部的大楼，穿过花园，往大门口走。秋日午后的暖阳洒在身上，是安慰人心的一双手。

佳宁说："我父母离婚早，我从小一个人生活，最害怕孤独。我喜欢我非亲生的妹妹，喜欢朋友、学生，也喜欢他，这些人给我安全感。如果他真是有什么意外，我不知道我该怎么办，所以，我要谢谢你，周小山，谢谢你搭救他。以后需要什么，请你一定告诉我。"

"我什么都没有做。"小山说，"我只是说要报警。"

她看着他，小山穿着布的衬衫和裤子，身材颀长而微微消

瘦，他还不如秦斌健壮。佳宁说："那也是救命的电话。"

佳宁在医院外给秦斌买完烟送小山去地铁站，路上特意告诉他："这是给他买的。"

"……"

"说起来，"佳宁微微笑看着他，"怎么世界会这么小，偏偏是你碰巧搭救我的男朋友？"

小山停下脚步，像是在思考这个问题，此处行人稀少，车声寥寥，风和树叶也都安静着，他不说话，于是连时间在这一刻也有小小的停顿。

然后小山说："我知道他是你的男朋友。我跟着他，好几天。"

她讶异地看着他。

"我跟着他，是想看看，他是怎么生活的，他是什么样的人。"周小山说得坦白老实，清清楚楚。

"为什么？"她只有这样问的份儿。

他没有再回答她，却舒展开手臂伸向她，托住她那枚小小的脸孔，她下颌美好柔和的弧度恰契合他手心，二人之间有一个手臂的距离，却又形同一体。

她被他禁锢了脖子的角度，躲也躲不开，在这时候不能思考，不能活动，逆光看着那周小山的脸，觉得晕眩。

之后的日子里她实在是忙碌，要照顾在医院的秦斌，要对A材料的应用报告做最后的审校，还有大学里的课要上。

她经常发呆，思考的问题是：时间真是奇特的东西，那年

轻人如今做的放肆的事情，他多年后想起来会不会觉得可笑而后悔？比如她在美国的时候也曾经面对诱惑，梅尔是白种男孩子，高大英俊，笑容可爱，也约会过，可她最终选择的是让自己心里更安静的实验室和国内的秦斌，再想起梅尔，觉得不比南加州的杏子酒更让人流连。

这种思考和判断让她一点点放松下来，她对自己的取舍更笃定了，再见到周小山，再给他们上课，就小心谨慎，连笑容也是准备好了的，不能尽着性子说话了，尽量慈祥。

秦斌身体稍好，立即找到了杨名声的名片，致电给他，开门见山："你们逼我。"

杨名声说："怎么这么说？"

"不用否认，你心里清楚。"

"……"

"你想要的东西，我已经存在网上的个人空间里，如果我四天不登录，这个空间将会对所有的门户网站开放，你知道我是记者，没这点保险，我还怎么混啊？"

杨名声的口气变得异常体己："我就不明白你，挣多少钱？有多少实惠？怎么就这么钻牛角尖呢？咱们活着干吗啊？跟谁较劲啊，您这是？"

"状况你了解了？我不多说了。"秦斌要放电话。

"我不仅了解你的状况，你们家的状况我也了解啊，嫂子的状况我也了解。她不是在北华吗？真棒啊，这不就是咱们中国的居里夫人吗？我说，老同学，她，你不顾着点啊？"

"……"

杨名声在那边把电话放了。

秦斌跟裘佳宁不一样，他小时候不是那种有天赋的孩子，可是懂得专心致志，因而也考上了名校，成了成绩优异的大学生。毕业后当记者，除了天南海北地跑新闻身体辛苦之外，他觉得心也是累的。看了太多颠倒了的黑白，太在乎什么是对，什么是错，性格又遗传了祖父那西北农民的耿直，不能转圜。现在想起来，那天如果不是周小山搭救，他几乎就要死到临头了，却仍然不肯把那贪官的罪证交出来。可是，让他无奈的是，现在自己不是一个人，还有佳宁，他不能不顾。

一边是为人的道德和职业的操守，另一边是爱人的安危，秦斌的头又疼起来。

傍晚从医院出来，佳宁接到王院士的电话："佳宁你什么时候来啊？"

她愣了一下才想起来，今天是院士的生日，他摆家宴，她对着电话说："马上到，马上到。"

佳宁买了鲜花和水果打了出租车到的时候，天刚刚黑。王院士爱热闹，请了不少亲朋和学生，门口还有国务委员送来的花篮，佳宁进去一看，一客厅的人，真够热闹的。

她过去跟老师道生日快乐，院士把这高徒介绍给自己身边的好友，说："你们看青年人成长得多么快，佳宁才26岁，已经独当一面了。"

佳宁边说"老师过奖了"，边想什么时候吃蛋糕呢，她肚

子饿了。

王院士说："你去厨房找师母，她正做面条呢，你先自己来一碗。"

佳宁说："老师，你怎么知道我饿了？"

院士小声说："你进来后眼睛就没离开过生日蛋糕。"

佳宁嘿嘿笑着要走，院士说："等一会儿过来啊，介绍几位朋友给你认识。"

人很多，书房里，过道里，三五成群，轻声地问候，温雅地聊天，关于近期的课题、查阅的论文、发表的专著——知识分子聚集的场合，气氛单纯而活跃。在这全国最好的理工学府，这小规模的聚会，与会者的层次和水平并不低于一个国家级别的科学研讨会。

佳宁取道阳台才能到达厨房，阳台上对着成功湖的一角隐隐站着个人。

看不清楚，只见轮廓，但她已经知道那是谁。

裘佳宁快走，要离开那里，没几步，脚却硬生生地又折回来，一步步走向他。

月光可鉴，一切分明是，受了蛊惑。

第四章

欲望

佳宁说："你也来了？"

小山转身看见她，点点头，说："你好。"

仲秋了，湖面有湿润的凉风徐徐吹来，小山还穿着他那身布的衣服裤子，衣袖在夜风里鼓动起来，有着朴素清俊的风骨。

想说点什么，又不知道该说些什么。

明明是雷池，佳宁小心翼翼："你穿得少，天冷了，要加件衣服，小山。"

"你关心吗？"小山说。

她半晌方说："当然。"

"裘佳宁，你为什么这么道貌岸然？"他说话缓慢，却一步步地走近她，"你的脸上像是戴着面具。"

随着脚步的移近，他的脸渐渐清晰，这是张祸害人心的脸，偏偏一派天真安静。

"那我不该关心你吗？"

"为什么要？"

"你是学生，我是老师。"

"哦，因为这样。"他微笑。

"没错，因为这样。"

"撒谎。"

"……"

"你又撒谎，裘佳宁。"

当然她知道他说得没错，撒谎是她的应激反应，她笨拙地想要保护自己。这个周小山不把她当作老师，她又把他当作学生了吗？如果是，为什么从一开始就紧张于他的一举一动一句话？如果是，为什么总是矛盾重重，犹豫不定？如果是，为什么此刻这么迷恋地看他眼睛中那一抹光？不能移动，无处可逃。

无处可逃。

此时过来解围的是师弟："佳宁你怎么在这里？老师找你呢，跟我过去。"

她被那人拽着离开，惴惴不安地进入客厅，看着王院士，看着周围的人，看着他们微笑、说话，却什么也听不见，只有周小山的声音在耳畔："撒谎。"

裘佳宁冷汗涔涔。

"佳宁，佳宁。"王老师唤她，轻轻拍她的手臂。

她这才想起来应酬，脸上又换上漂亮的笑，对新朋友说："嗨，你好，你好……"

穿便装的两人一位姓刘，一位姓赵，来自酒泉，是军队载人航天飞船材料项目的负责人，他们给院士带来绿葡萄酒，佳宁啜一口，味道甘美醇厚。

"都说新疆的葡萄好，真正的好东西其实是甘肃秋后被霜打透了的冰葡萄，"老刘说，"富含多糖，有营养，味道足。中央首长都喝这种酒。"说着又为佳宁倒上一杯。

佳宁笑着说："军队的酒，劲道大啊，我可不敢多喝。"

老刘说："项目做成了的话，那裘老师就是国家的功臣，到时候，敬酒的就不该是我们了。"

悦耳的赞许，温馨的场合，手中有美酒，佳宁知道自己从来都是贪婪的人：有欲望，舌尖上的，心底里的。她索性撒了性子畅饮，一杯接一杯。

在酒精的作用下，这欲望放肆地彰显。

这时，她坐在出租车里，身边是周小山。王院士家宴结束，他送她回家，她没有拒绝。她再无心装腔作势，得以明目张胆仔仔细细地看他，心里有赞美，那神话里爱上自己的水仙花少年，也无非如此。

他分明知道自己这样被她凝视，却目向前方，面和如水。

她也知道自己的行为不端，微微笑起来，眼尾却结出一滴泪来。

他突然伸出手来，握住她藏在披肩下摆里的手，那么准确地捕捉到，然后紧紧地握住。她没有躲闪，任他一点点地用力，这力道中有怒气，有烦躁，有对他们之间距离的怨恨，有对她一直以来伪装自己的鄙视。他脸上波澜不惊，手中却暗潮翻涌，直握得她疼痛。

车子在她家楼下停下来，二人都没有动。

司机在反光镜里看看他们，识相地没有催促。

佳宁吸了一下鼻子，用力从他的掌握之中挣脱开，付了一张钞票给司机道："师傅，请回华大。"

她自己下车，在窗口对周小山说："谢谢你啊，今天太晚了，否则就请你上去坐。你早点回去，明天还有课呢。"

她觉得他好像是笑了一下，这微妙的表情转瞬即逝，然后他点点头，让她上楼。

她转个身，一张脸就垮下来，沮丧地一步一步迈出去。

突然听见他叫她："裘佳宁。"

回头，周小山站在车子旁，手放在口袋里，稍稍歪着头，像是要把她看个仔细。

他有淡淡的南方口音，以下一个字一个字却说得清楚，好像是烙在她的心上："如果我说我喜欢你，我想要你，你不会在乎的，对不对？

"你们北京人怎么说的？

"你不待见。

"对不对？"

　　她看着检验炉中5000摄氏度高温下发出蓝光的A材料，觉得起码有一些东西还是自己可以掌握的。高温测试，材料性能优异，比传统比率下冶炼出的钛皓合金磨损度低了50%。她打电话告诉王院士，老头儿很是高兴，再过半个月，他们将进行A材料酸碱腐蚀度的测试，院士要亲自参加。

　　秦斌从医院里搬回家休养，乌云笼罩，他面临选择，又不想让佳宁紧张，这一天，他有意地试探。

　　"这个大项目对你有多重要？"

　　佳宁正在炖鱼，斜他一眼："你开什么玩笑，秦斌？多重要，有多重要……快，把料酒递给我。"

　　吃饭的时候她跟他解释："我怎么跟你这个学文的说呢，航天技术运用到民用产业，这个你很熟悉吧？"

　　"嗯，材料、技术、生化都有，这个我明白。"

　　"军方的航天技术因为有政府的全力支持和大力投入，在各个方面都是最高端的，每次更新换代，陈旧技术解密，用于民用，一样带来巨大效益。"

　　"敢情我们一直都用人家剩下来的啊。"

　　"给你那太空陶瓷盛饭，也用不着啊。"佳宁说，"我们实验室做的材料A，完全是我们大学自行研发的项目，但达到甚至超过了航天标准，引起了军方的高度重视，通过验收，将会

合作。民间科技支援航天建设，打个比方，梅超风彻底弄明白了《九阴真经》，反过来教黄药师。你说意义多大？"

"那整个武林必将又起纷争。"

佳宁给秦斌夹鱼，慢悠悠地笑着说："保密工作我们做得还是不错的。除了我和导师，没有第三个人知道配方和冶炼方法，哈哈。"

秦斌举起可乐："敬梅超风。"

佳宁道："谢谢玄风师兄。"

"我替祖国问一句：要是现在外国研究机构给你offer，薪水特别多，你岂不是连国家的机密也带走了？"

佳宁说："我要是稀罕国外那一亩三分地儿，当初回来干什么？"

"那不是因为我吗？"

"忘了，忘了，对对对，主要是因为你。"佳宁笑着说。

"要是，"秦斌看着她，"要是我也想出国呢？"

她手里的筷子悬住，看着他一愣。

"开玩笑，开玩笑。哎，"秦斌夹鱼吃，"这鱼真棒啊，带劲。"

天气渐冷，做实验的时候，有个女生不停地咳嗽。

佳宁走到她身旁说："去没去医院啊？"

"去了，开药吃了，但好像不太好使。"

"不行得打点滴，我觉得比前两天好像还重了？"

"哦，好的，谢谢裴老师。"

女生扣了几次电火都没打开，俯下身观察，手还按在开关上，佳宁眼看着她又咳嗽一声，手指把开关拨开了。电光一闪，引燃青磷，发出白焰。说时迟那时快，她伸手把学生的脸护住，自己只觉得手背上疼得要命，忍不住"啊"了一声。

同一时间，另一只手却覆在她手上，硬是把白焰按灭了。疼痛之中，她抬起头来看，是周小山。

同学们拥过来关心老师是不是受了伤，佳宁扶那女孩起来："没摔着你吧？"

她都快哭了："老师，你跟小山快去医院看看手吧。"

佳宁和周小山坐在医院外科处置室里等着上药，她的手背、他的手心都被灼伤了，好在不严重，皮肤红皱皱的，掬起来一小块。

二人不说话，她却想起来小时候看过的一个小品：不法商贩黄宏和顾客宋丹丹被强力胶粘住双手，走到哪里都在一起，起先还对骂呢，后来接受了现实，决定干脆一起去看电影。她想着想着就乐了，要是事故和材料恰到好处，她跟周小山也是如此，那谁也别怪她这人不守师道了。

上了药，二人从医院出来。

小山走在她后面说："你的伤重一点，又是在手背上，恐怕以后得留疤，你要小心一点。"

她没回头看他，潇洒地说："时间而已，过一个夏天，就一点痕迹也没有了。"

第五章

贪念

　　戒烟两个月，她开始复吸。打火，引燃，慢慢吸一口，尼古丁问候胸腔气管，顿时精气十足。一只手夹着烟，另一只手按键查资料，裘佳宁最标准的状态。

　　秦斌坐在那儿乐了："早知道这样，何必当初呢？我从来不在这上面难为自己。"

　　"你说得对，你说得对。"她向他点点手指。

　　秦斌说："我想请周小山吃饭。"

　　"啊？为什么？"

　　他看看她："你忘了？人家救了我。"

　　她想想："没必要。"

"你是说他没必要救我还是没必要一起吃饭？"

"你这大记者别跟我斗嘴，愿意请他吃饭就随便你，我不能去，我忙。再说，我不愿意跟学生吃饭。"

"你原来跟学生不错啊，什么时候添这个毛病了？"

她不跟他说话了，专心致志地上网。

上次聚会的好友回了美国，她两个月前还是单身，再打电话来，说要跟一个洋人结婚了。佳宁惊讶地问："怎么就这么决定了？这个是新人还是旧识？"

朋友在大洋彼岸说："认识好久了，从来没觉得能结婚，终于下决心了。"

"放了什么催化剂？"

她笑起来说："佳宁，说起来我还得怪你。"

"我？"

"记不记得上次聚会，就是在云南饭庄的那一次，你中途怎么闪了，放了我们鸽子。"

她支支吾吾地回答不了。她当然记得那一次，她见到缺课已久在那里打工的周小山，义愤填膺地在大堂跟经理理论，吸引了无数群众旁观，后来周小山把她用衣服裹起来送回家，他把她的烟踩熄在地上。

朋友真的有事儿要倾诉，并没有纠缠她的失礼，继续说："你走的时候问我们，什么是真的'相爱'，你记不记得？"

"记得，是酒话，"佳宁说，"够酸的。"

"我们讨论了很久，没有结果，我坐在飞机上也在想。途

中忽然遭遇事故，氧气袋都掉下来了，我那时候就想起这个人来，我曾经看见他跟别的女人在一起，我觉得痛……"

"……"

"我命还算大，飞机在夏威夷降落，我们转乘了加航的飞机回到洛杉矶已经是两天以后了。那个人一直在机场等我，"她顿一顿，"佳宁，你知道的，老外有半天不梳洗，那真的是又狼狈又憔悴。我下了飞机说，杰森，你怎么这样啊？他说，你不能回来，我只觉得疼，哪有时间顾得上漂亮？"

佳宁听了好久才说："然后决定结婚了？"

"嗯。走到什么时候算什么时候吧，眼下这一刻，分不开。"

"婚礼在哪里办？"

"这边，不回去了，你们给我祝福就好。"

她笑起来："那我省了份子钱了。"

"好说，佳宁。"朋友也笑，"你跟秦斌同学的婚礼，我也只给祝福了。"

洗澡的时候，佳宁将手上的纱布一层一层地打开，上面快好了，还有一小块发红，隐隐透着真皮，不碰是感觉不到这块伤口的。她把手凑到水龙头下，一碰水，伤口一阵刺痛，她抖了一下，没有挪动，那疼痛一点点地传到心里。

拨开水雾，看见镜子里自己的身体：修长白皙，略微消瘦，乳房不大可是形状美好，浑圆挺立着，她伸手碰了一下，没什么感觉。

佳宁把门打开一条小缝，对外面说："秦斌，你的体力恢

复了吗？搓背，能不能做？"

过了一会儿，秦斌在外面回答道："裘老师，搓背什么时候都可以，至于能不能做，亲爱的，我明日去买些西洋参，也许我们可以再等些时候。"

她笑起来："好啦，你看电视吧。"

佳宁洗了澡出来，发现屋子里面很冷，她去阳台把窗户关上了，嘴里说："真是的，今年的天怎么冷得这么快。"

秦斌说："你的电话响了两遍了。"

"是谁？"

"不知道，我没看。"

她自己拿起来看，未接电话是两个，座机的号码让她的心一紧。正在擦头发的手也停下来，她在房间里来回转了两圈。要不要拨回去？

正在犹豫，屏幕又亮起来，她看了良久，方接起，不自觉已经开门躲到阳台上，语气是不耐烦的："你有事儿吗？这么晚了。"

他在那边一室："没有事儿。"

"那为什么打电话？"

"……"

"你以为我有时间聊天吗？你以为我愿意陪你玩吗？你还是把我当成女同学了？你知道你长得漂亮，你总是所向披靡，对不对？你究竟把我当谁了？"

他又是不说话。

"你知道我不待见你，你知不知道，其实我还烦你呢？"夜风寒冷，裘佳宁却觉得自己一腔无名火无处发泄，对着电话几乎吼起来，"我跟你说话呢，你听没听见？"

"嗯。"

"你……"

他也不放电话，听着她发作。

"你说话，周小山，你说句话。"

他的声音在那一边安静清楚："你说吧，这样总比你不跟我说话好。"

"……"

"我想要见你。"

她一下子就挂断了电话。

在阳台上稳定了心绪，佳宁才进了房间。

秦斌在看9点钟的新闻，问道："谁啊？我听见你吵吵。"

"他们，实验器材没放好，"佳宁听见自己说，越来越慢，"让我去……"

他回头看她："这么晚了。"

她看着他，她觉得自己失去控制了，像是在看电影，里面的女人撒谎，脸不变色心不跳，缓慢地镇定地说："我得去。"

秦斌说："晚上冷，多加一件衣服。"

致命的错误，瞬间的贪念。

她在夜色中开车穿过城市，穿过校园，来到他的房间，门虚掩着，轻轻推开，里面没人。

上次来过的，那时还有个女孩在这里，她当时也觉得有些紧张，没有仔细打量，如今看，房间如这个年轻人一样朴素，书籍和窗台上的仙人掌是唯一的装饰。

她坐下来，习惯性地摸口袋找烟。

他自后面拥抱她，脸埋在她濡湿的头发里。

房门合上，灯熄灭了，她觉得心里面有些东西在这一刻轰然坍塌了。

他将掌握中的她转过身，黑暗中，月色下，她在明，他在暗，周小山脸似冰寒，眼中却有一小朵火焰，愈烧愈烈。

她抽一口气，身子向后稍倾，他伸手扶她的脸，对正自己的眼睛："裘佳宁，你要躲? 你要躲到哪里去? "

她抓住他的肩，眼光迷离，仰头看着他，一直以来居高临下的裘佳宁此时就有了点可怜的味道，拒绝些什么，渴求些什么。

他的脸，他的声音，一如平常的冷静，鼻尖撞在鼻尖上，他轻轻地问："我是谁? "

"……"

"不要摇头，不许再挣扎，不许撒谎，你说，我是谁? "

"……"

"我要你说话。"他锁紧她的腰，让她再无处可逃。

"周……小山。"

烫的肌肤，恨的心，像要惩罚她，要将她撕裂，要嵌入其中，要骨血相连。

第六章

罪恶

我们且回到故事的最初，关于这个女人和突然出现的男人。

她是个前途无量的科学家，有智慧，有美貌，有抱负，科研项目即将大获成功，跟恋爱多年的男友就要结婚，一切完美平静，只是一种东西多了一点点：欲望，潜伏在心底里的，被这个年轻的男人撩拨起来，如今罪恶地得逞。

她想到这一点，一阵凉意从脊背升起，钻到脑袋里。

翻一个身，便后悔了。

她穿上衣服，不理他无声的挽留，走到他的楼下，在懊恼与痛苦之中像个偷了腥又要抹净的男人一样害怕起来。她打了个电话给周小山，色厉内荏地告诉他要忘了这件事情，他没回答，无声地放下电话。

裘佳宁回到自己的车上，没有勇气和力量回家。

圆顶大礼堂在厚重的月色中隐隐发出青的光，钟声穿过夜幕一层一层地传来，深秋的风吹动高大的松柏，不动声色，安静地审视。这是百年的学府，沉淀着光芒四射的科学和文化。

她是殿堂里的罪人。

裘佳宁趴在方向盘上失声痛哭。

终于回家的时候已经是第二日的清晨，秦斌还在床上，她开了个门缝看他一眼，睡态憨憨。她洗澡，换衣，躺在他的身旁，听见他含含糊糊地问了一句："你不上班了？"

"我头疼。"佳宁说。

"怎么了？"他伸手过来摸她的头，"有点热。你着凉了？"

她闭着眼睛，听见他起床穿衣，没一会儿，他进来，扶她起来："来，裘老师，把药吃了。"

她还是闭着眼，喝水，吃药，然后迅速地躺下，脸扣在枕头上，声音闷闷地说："请你帮我请假。"他从房间里出来，看看表，6点30分，晨曦微露。

他坐在沙发上，好长时间没有动，手里是她的水杯。

时间将近中午，佳宁起床，餐厅的饭桌上有秦斌做的清粥小菜，他在看电视。

午间新闻时段，秦斌照片上的贪官参加新市政建筑落成典

礼，他最近又获擢升，风光无限。

秦斌面向着电视对身后的佳宁说："我想跟你商量一件事儿。"

"你说。"她喝一口他做的粥。

"老赵给我打了个电话。"

"他在新加坡怎么样？

"做得很好，现在是副主编，想让我过去帮他。"

"……"

"那几张照片，就是我在'彼得堡'拍的那几张，我想还是要交给警方。"

"我同意。"

"咱们的安全会有问题，而且我已经不可能再在目前的这家报社做了。"

"……"

他跟她说话的时候，一直没有回头，仿佛是在跟电视说话一般，声音一如寻常地平静，压抑惊涛骇浪。

"不过，我还没有答复老赵。"秦斌说，"我得跟你商量了再说。也许你不同意，也许你有别的想法……无论如何，我想，你在这里……"

"给我一点时间，"佳宁说，"让我把这个项目做完，好不好？"她手里的勺子无意识地搅动着清粥，"如果我们真的要去，我也要接洽一下新加坡的大学，对不对？请你给我一点时间。"她的头又疼起来。

　　秦斌站起来，慢慢地走到她身后，按着她的肩膀："生病的时候跟你谈这件事情，真是……对不起。"

　　她的手放在他的手上："我记得，上大学的时候，你喜欢北岛的诗……"

　　电视里的贪官对着镜头大谈年底市政建设的新举措，秦斌声音低低地说道："我不相信。"

　　他看见周小山从图书馆里出来，手里拿着一大摞书。

　　周小山看见这辆红色的福特便停住了脚步，秦斌从车上下来，过去跟他握手："你好，小山，有没有空？一起去吃顿饭？"

　　小山看着他，没有动。

　　"怎么，你不认识我了？我是你救下来的啊。"秦斌拍拍他的肩，"还没当面谢你。"

　　小山却说："裘老师好了吗？她何时回来上课？"

　　"哦，"秦斌说，"快好了，现在还有点虚弱，过两天吧。"他跟他说话的时候，看着这个年轻人的眼睛，日光下近距离地看，黑得无底，平静又放肆。

　　秦斌说："有没有时间给我？"

　　小山说："也好。"

　　他们在学士餐厅坐定，秦斌习惯性地拿香烟来抽，递到小山面前，他摆手拒绝。

　　"我抽，行不行？"秦斌说。

　　"无所谓。"

秦斌想了半天方说："不知道怎么谢你，我跟佳宁都不是愿意欠人情的人。"

"不是大事儿。"他手里还抱着自己的那一摞书，看着他，并没有打算给出太长的时间。

秦斌从怀里拿出信封，里面是厚厚的一摞，放到周小山面前的吧台上，话说得很艰难："我知道我的命不能拿钱来买，可是，也没有别的办法，你离家在外的，这是三万元……你需要什么，就……"

周小山看看那信封，没动，没说话。

秦斌自己笑了："我没做过这种事儿，挺尴尬的。"他叫来服务员，转头问小山，"小山，你喝点什么？咱们别这么干待着啊。"

小山摇摇头。

"那就啤酒吧，两听。"秦斌看他，"小山，你多大了？"

"22岁。"

"哦，"秦斌说，"还很年轻呢。22岁那年，我本科毕业留在北京工作，你们裘老师，也那么大，硕士都毕业了，去了美国念书。"他说到这里，但见周小山眼光一闪，这年轻人被点到心事。

"她在美国三年，中间回来过两次，认识我们两个的都以为我们够呛了呢。可是，这感情的事儿啊，就像是放风筝，离得再远，是你的，还是你的，她到底还是回来了。"

　　啤酒送上来，秦斌要给小山打开，被他按住："不必，我下午有课。"

　　"那吃点什么？"

　　"约了同学。"

　　小山把信封给他："这个请收回去。"

　　秦斌看着那信封，笑着摇摇头："做这事儿，真是不好看啊。"他抬头看看站起来的小山，"我知道你不那么简单，那天你自己摆平那四个人，一点伤都没有，对不对？"

　　小山没有否认。

　　"救我一命，也没当回事儿，是吧？不过，"他起来，看定他的眼睛，"还是得拜托你，周小山，"他一字一句，说得很慢，"对裘佳宁，请高抬贵手。"

第七章 上 蹒跚

佳宁的这一次重感冒缠绵了一个多星期，她躺在床上一直在思考秦斌去新加坡的提议，她被太多的问题干扰：工作、生活、前程、A材料、秦斌，还有周小山——他是她后悔莫及的错误……这样辗转反侧，拿不定主意。

她终于病好，身体虚弱地去学校布置期末实验题目，已经是一个多星期之后。学生们在讲台下安静地记录，佳宁一手拄着头说话，不敢看周小山一眼，下了课，急急地走，逃跑一样。

她跟王院士约好了见面，保姆沏了酽酽的茶来，她看一看想：到处都是周小山，她才不去喝他送的普洱茶。

王院士说："20世纪70年代，我有一次在西湖开会，大伙儿都在岳王庙前照相，有个人抢到别人前面去，个儿不高，是个瘦子，我听见别人说，老邓，怎么今天肯照相了？

"瘦子说，不一样，这个是'精忠报国'啊。

"当时我还年轻，不知道这人的底细。80年代，他去世之后，身份被解密了，我才知道，原来那是邓稼先。"

佳宁静静地听。

院士说："佳宁，你走不走，当然还是你自己的选择。"

"……"

"如果要走，一切要接洽好。你当初回来是要报效祖国的，我们的条件简陋，也是自己家。如今要走，那边给的条件和研究经费不能低于美国的，我在南洋理工有学生，可以帮你联络。"

"老师，我还没有拿定主意呢。"佳宁说，"这是秦斌的意见。他现在有事情在身上，也是不得已。"

"你是姑娘，当然还是要以家庭为重，走的话，也无可厚非，我完全理解。"王院士呷一口茶。

"……老师，我会做完A材料的项目的。"

"我想跟你说的，也是这件事儿。已经有国际买家出了大价钱盯上了我们这个材料，你要是走了……"

"这是您的项目，这是国家的项目，不是我的。老师，"佳宁抢着说，"我明白您的意思。"她走上前，垂手立在院士的身边。

王院士拍拍她的手："佳宁，你是好孩子，如果图的是别的东西，当初不会回来，我对你没有任何的不放心。"

"谢谢您，老师。"佳宁说。

院士轻轻搂她的肩："今后秦斌敢欺负你，也过不了我这一关。"

她看看他，鼻子里面发堵，明明难受，又笑起来。

佳宁稍坐便要告辞，王院士没挽留，道："也好，你先走吧，我等一下约了周小山下棋。"

她听到他的名字心里顿了一下："周小山？"

"对啊，你的学生。他是高手啊，我总也赢不了他。"王院士说。

"老师，您注意休息。"

院士起身送她到书房门口，看见她的茶杯："怎么没尝尝这茶？你师母从日本带回来的，挺有风味的啊。"

她听了，这才拿起来喝一大口，"咚"地一下咽下去。

院士笑了："你是渴了啊？品不出味道了。"

她在玄关穿鞋，那是系带的靴子，佳宁只觉得带子跟自己作对，越着急越系不上。有人推门进来了，她看见周小山的鞋，到底狭路相逢，佳宁的背上立时密密地出了层汗。

她低头弯腰，以从来没有的专心努力，要把自己的鞋带搞定。

周小山立在她身旁说："你病好了吗？"

她抬头，昏头涨脑的，做一副心无城府的样子："好了，

彻底好了，谢谢你。"

这是那一夜之后，他们第一次说话。

她站起来，拿了自己的包要走，王院士在客厅里面说："小山过来，上次的残局我还留着呢。"

佳宁舒一口气得以脱身，突然放松了，没注意一头撞在挂大衣的架子上，"啊"的一声，她闭上眼，真有金星冒出来似的，好悬没有晕倒。

周小山在身后要伸手扶她，被她的一只手臂挡开。

佳宁疼得眼泪都要流出来，捂着那一块好长时间没动。

他看看她，没再坚持，换了拖鞋进屋。

那之后变成个小红包，一天都没消。晚上秦斌看见了说："你怎么最近这么多状况？不行我们去烧烧香吧。"

她纳罕地说："真是的，总觉得被诅咒了似的。"

也有好消息：秦斌的伤基本痊愈了，佳宁陪着他去医院复查，医生说，筋骨恢复得很好，注意补钙就行。

佳宁拿着医生的药方去药局取液体钙，路过处置室却遇到了见过的女孩。

那姑娘伤在手臂上，正在包扎，靠近肩的地方有黑色三角形的文身。佳宁在门外看着她的时候，她警觉地回过头来，对上了她的眼睛，那是张属于南亚人的漂亮的脸孔，目光湛然。

她见过她的，在周小山的房间里。

她想她们并不算认识，佳宁踟蹰片刻还是离开。

回家的路上佳宁驾车，车子停在路口等信号，秦斌说：

"我上次跟你说的事儿，你考虑得怎么样了？"

佳宁看着前方，"嗯"了一声。

他笑："'嗯'是什么意思？"

"我们走。"佳宁说，"我想好了，我尽快接洽南洋理工，不行的话，先到那里再说，反正，"她停一停，"不行就先待业，反正你养我也不成问题。"

秦斌把手放在她的手上，紧紧握住："好的，佳宁，好。"

收音机里在播放王洛宾创作的歌曲，悠扬的男声动情地演唱："在那遥远的地方，有位好姑娘，每当我走过她的毡房，总要回头不住地张望……"

从前只觉得这是那样一首悦耳的曲子，如今细细品味歌词，原来描述的是这么婉转寂寞的感情，佳宁觉得眼睛酸，赶快把墨镜戴上。

"我们在走之前，把婚结了吧。"秦斌说。

"好。"她想都不想就回答，"听你的，反正酒席也都定好了。"

"还要去登记、照相、选礼服……"

"要把你的爸爸妈妈接过来。"

"你的呢？"

"我尽力联络他们吧。"

"我想买许多香水百合装饰会场，佳宁，你最喜欢百合，是不是？白色的……"

"对。"

"还是黄色的来着？"

"……"

"佳宁？佳宁？"

"对不起，我在想试验的事儿，这段时间，麻烦你来操办吧。"

"当然，我比较有空。"

她笑了一下，那笑容隐在唇边，墨镜之下，没人看见她的眼睛。

不久后便是一个忙碌的周末，佳宁早上起来跟秦斌去照婚纱照，她怎么笑都笑不好，摄影师不得不上来把她的唇扯到合适的角度上。然后秦斌去酒楼定菜谱，佳宁去机场接他的父母，直到把两位老人送到宾馆才转道回学校给约好的几个学生改论文。

等到都忙完了，天都黑了。

她只觉得肩膀和脊背酸疼，边揉着肩，边给秦斌打电话说："你陪叔叔阿姨吃饭吧，我等会儿直接回家，我今天特别累。明天陪他们去故宫，好不好？"

他在那边说："好，你就别自己开车了，打的回去吧。"

她说"嗯"，收了线，想一想，又有不放心的事情，打电话给首钢的检测室，敲定了周一对A材料抗酸碱腐蚀性能的试验的细节，才开始收拾东西准备回家，浑身疲惫。

从教学楼里出来，一阵北风扫过来，佳宁打了个寒战，把

大衣裹紧了要找自己的车，却看见路灯下面是那个人的背影。

她想，他为什么这个样子呢？

北方这样的冬天里，他不知道要加一件衣服吗？怎么还只是穿着那单薄的布的衣服，这样寂寞地立在寒风里？

她快步走过去，走到他身边了，又慢下来，犹豫之中，终于还是向他伸手，拍拍他的胳膊，轻声说："小山。"

他回头。

她觉得他跟从前不一样。

他还是平静的脸，可是不高兴写在他弯弯的眉梢眼角，是一个忧郁的弧度。

她想到这是她的错误，这是她的贪欲造成的伤害，心里又酸又软，哑着声音说："对不起。"

忽然有雪落下来。

第八章

挽留

　　餐桌上，秦斌的母亲卷了一个烤鸭卷给佳宁："秦斌这个人是个马大哈，我最清楚，结了婚，你要归置他。"

　　佳宁说："挺好的啊。"看看秦斌，他正吃得香，瞧瞧她们，也是一脸无辜。

　　"都不知道体贴。昨天跟他爸爸喝酒喝多了，就睡在宾馆了，我让他给你打个电话告诉一声，他都不肯。"

　　"我不是怕打扰她睡觉吗？"秦斌说，"佳宁最讨厌睡觉的时候接电话。"

　　她闷头喝汤。

　　他挤挤她的肩膀问："昨天睡得好不？"

"嗯。"

她想早一点回家的。

她穿了文胸和底裤，要去门边拿衣服的时候被小山拉住。

"你又要走了？"

她说："嗯。"

她站起来，他跟着也从床上坐起来，双臂一合，抱住她，凉凉的脸颊贴在她的小腹上，带着孩子般执拗的语气："不行。"

她拨拨他的头发，冬天里，小山有种绿植物的气味："别这样，啊。"

他又说："不行。"鼻子尖儿划在她细细滑滑的皮肤上。

佳宁说："你不让我走，难道我们永远这样吗？"

他仰起头来看她："你跟我去南方吧。"

她笑起来，慢慢地用力地挣脱开他的手："别说傻话了。"

她走到门边去穿衣服，一层一层的，冬天的衣服真多，真麻烦。佳宁围了披肩准备要走了，回头看见周小山裸身坐在床上。平时看他，总觉得那身布衣服下的他瘦弱了一些，可是此时的月光下，可见她刚刚抚摸过的他坚韧的骨骼和肩膀，他浑身瘦削，肌肉却结实有力，拉成流线形状，覆着淬玉般白的皮肤。

原来男人的美貌也有如此迷人的力量，佳宁还未离别便开始想念。

　　她想到自己要走了，要离开了，她以后再不会有这样的一个男人了，放纵了又怎么样呢？

　　她扔下披肩，回去吻他。

　　周小山在同一时间从床上起来，迎向她。

　　速度太快了，两个人几乎撞在一起，他双手抬起她的脸，眼神里有渴求和埋怨，说不出来，要把她淹没。吻是血腥味的。

　　她听见他在她耳侧喃喃："佳宁，佳宁……"

　　钟声响了一阵一阵，他们躺在床上，佳宁闭着眼睛，觉得有点疲惫。小山的下颌放在她肩上，声音低沉似在耳语："我梦见过你。"

　　她笑，仍然闭着眼："梦见什么？"

　　"我缺课，你又捉我回去，又跟人吵架。"

　　她听他这样说起来，想到他从前因为钱的问题缺课，又不放心起来，睁开眼睛看着他："说起来，你以后再不能缺课了啊，实验室的补助金会一直给你到毕业的。"

　　他拨她的头发，啄一下她的嘴巴，根本没去听她在讲什么："你有没有什么时候想起我？"

　　她的手覆在自己的额头上，想一想："没有。"

　　他看她，睫毛弯弯，眼仁儿黑亮。

　　她说："你知道的，我们不一样的。我的工作太多，我累。"

　　他没再说话，倾身躺在她的身上，手渐渐向下，佳宁只

觉得气短，心脏又剧烈地跳动起来，伸手却果断地按住了他的手："小山，不能这样了，我真的得走了。"

他停住，想一想，慢慢坐起来，穿自己的衣服："我送你。"

佳宁说："不要，你留在这里，我自己回去。"

他没有再坚持。

她这次终于穿戴停当了，走到门边，看见他的布衣服，干净却单薄。她怕再失去离开的勇气和决心，说话的时候一直也没有回头看他："天冷了，你得多加件衣服。你不会照顾自己的吗？"

"我不冷。"

"听话。"

她开车轧雪路回家，一路上都在想这样晚归的理由。平时张嘴说谎话是裘佳宁的强项，现在她却觉得舌头发硬，心里难受，又开始流眼泪，不知道是为了周小山，还是秦斌，还是她自己。

可是秦斌并不在家，她逃过这一关。

次日一起吃饭，从他母亲嘴里知道他不肯打电话回来，佳宁想，他究竟真是怕她被打扰，还是故意搭了台阶给她？

吃完了饭，他们陪着从陕西过来的秦斌的父母逛完故宫，又去逛商场。秦斌的妈妈也是大学老师，在陕西师范教英文，选衣服的品位一流，又热衷于此，爷俩儿最怕这个，躲到茶店里去了，只剩下佳宁陪她。

　　她等未来婆婆换衣服的当儿，突然看见对面男士名品店里有漂亮的短大衣摆在橱窗里：海蓝色的，背帽子，牛角皮扣，年轻又经典的款式。

　　她走过去，店员很热情，介绍说这是来自苏格兰的品牌，精品羊毛的面料。

　　"小姐是为朋友选吗？身高多少呢？"

　　佳宁说："1.8米左右，瘦一点。"

　　立时有身材相仿的男店员穿上样品给她看，佳宁心里想，小山穿上不知多漂亮呢。

　　旋即刷了卡付钱，留了他在学校的地址给店家。

　　那边秦斌的妈妈换了衣服出来，招手让她过去给点意见，她着急地嘱咐这一边："请尽快送去，下雪之后天冷。"

　　周日的晚上，佳宁洗了澡对着镜子梳头发，秦斌从书房里出来，手里是几个封好了的厚信封。佳宁看那上面的收信地址，分别是中纪委、高检、还有中直工委。

　　佳宁问："什么时候寄出去？"

　　"婚礼之前。"

　　"你终于做了你想做的事情。"

　　"嗯。"他说，"不然寝食难安。"

　　"会有用吗？"

　　"做了总比不做好。"

　　她点点头，继续一下一下地梳理头发。

　　秦斌在镜子里看着她："然后我们去新加坡，你老实告诉

我，让你放弃了这么多，你后悔吗？"

"不。"她回答得很快很干脆，"明天，A材料通过测试，我的任务就完成了，换个地方搞科研，有好处。"

"以后，也许我们还回来……"

"秦斌。"她打断他。

"嗯？"

"以后的事儿，以后再说。"

第九章

取舍

星期一的早上，A材料抗酸碱腐蚀试验按计划在首钢特殊材料性能监测实验室进行。在对该材料的强度、韧性、耐高温、隔热等能力均鉴定完毕后，这是最后一组检测内容。军队载人航天计划材料组负责人、北华大学校方、首钢特殊材料公司领导都亲临现场，参与鉴定。

王志里院士比计划的来晚了一些，佳宁正跟从酒泉来的老刘商量合同的问题，见到老师，迎上去，看到他脸色不好。

"您还好吗？"

"问题不大。"

"还是肝脏？"佳宁请工作人员倒了热水来，"老师，要

不然我们改天吧？"

王院士摆摆手："都说了不是大问题，我们照常进行。"

佳宁请院士按键启动试验，王志里道："这个工作，佳宁你出力最多，你来按。"

佳宁推辞，王院士坚持。

她见老师额角有汗流下来，知道拗不过，走上前，按下蓝色的试验启动按钮。

电脑接到指示，立时自动分别调配出超过太空环境标准浓度200倍的强酸和强碱溶液。待溶液调配完毕，机械臂将0.5厘米厚板状的A材料分别插入。

一切都在透明的试验罩内进行。

佳宁有些陶醉地看着这凝结着自己和老师心血的银白色哑光材料，安静地浸泡在有着强大腐蚀能力的酸和碱的溶液中，像入定的僧，岿然不动。

"由于添加了新的元素，并改变了传统合金的构成比率，改进了冶炼工艺，我们的A材料，抗腐蚀能力超过传统太空材料钛皓合金50倍以上……"佳宁向在座的专家介绍说。

身着绿色军装、佩戴少将军衔的老刘双手支在控制台上，身子向前倾，仔细看着腐蚀溶液里状态稳定的A材料，嘴角微微露出笑意。

这是最权威的专家和最严格的考官，他的微笑，让佳宁心中落底。

半小时之后，试验结束。数据显示，除外观光泽外，酸碱溶液并没有让材料A产生任何变化，它最终通过了所有的考验。

众人鼓掌，为A材料，为王院士，为裘佳宁。

老刘过来跟王志里握手："院士，我是个军人，不会谈生意，但我知道我需要什么。技术转让的条件，都尊重您的意见。"

王志里道："我是个教书的，也不做生意。条件，好说。"

佳宁送院士回家，将自己手中的最后一点研究资料交予王院士，王志里没有接："你自己放在保险箱里吧。"

她知道那放在书架后面保险箱的密码，走过去，拧开了，将资料放进去。

院士站在书桌边，右手顶在肝脏的位置上，试验成功，他精神愉快，可是声音虚弱："又走了，又要走了。你硕士毕业的时候去美国念博士，我知道你肯定能回来搞科研，反正斌子在这儿。这回跟着这位走了，我就真不知道你什么时候回来了。"

佳宁背向着院士，拧上保险箱："上次师兄走的时候，您还说人生何处不相逢呢。"

"一样吗？他是去哈工大教书。"

"我也不远啊。"佳宁嘴硬。

"婚宴第二天就走啊？"

"嗯，秦斌那边的工作着急。"

她还是背向着老师，心中有惭愧，不太敢谈之后的安排，

将自己的逃避推到秦斌的身上去。

她听见身后老头儿"呵呵"的宽容的笑声，笑声越来越弱，接着却是物体滑落、身体跌倒的声音。

裘佳宁急忙回过头去，失声大喊："老师！老师！"

病房里很安静，王院士手腕上插着点滴，睡得正熟。粉色的加湿器散出薄薄的雾，空气温润。

佳宁又在惴惴不安地咬指甲，师母过去把她的手轻轻扒开："怎么这么大了，还这样啊？"

佳宁抬眼看师母："我担心。"

"没关系的，"师母说，"70多岁的人了，谁还没点毛病？"她轻松地笑笑，"还说要跟小山去南方旅游呢，我看啊，老头儿还是得休息休息了。"

佳宁看看她，没说话。

"对了，佳宁，你今天下午不是要去民政局跟秦斌登记吗？"

"我不去了，我在这里陪您。"

师母拉她起来："这不行，这是大事儿，耽误不得。佳宁你不要担心，我在这里，老师不会有任何问题。"

她还要留，师母轻推她到病房门外，声音方敢大了些，说道："佳宁，你是姑娘，什么事儿最重要，自己要知道。你老师爱你的才，总想挽留你，可是，女人真正能靠得住的不是什么A材料，是你身边的人。师母这么说，你懂不懂？"

她觉得懂了，又觉得不懂，慢慢地往医院外面走，看见在医院的院子里溜达的老爷爷搀着老奶奶，老奶奶扶着老爷爷，弯曲的身体互相支撑，是个"人"字。

在民政局外面，秦斌等得很久了，见到佳宁迎上来问道："老师怎么样了？"

"没有大碍，就是有点累了，师母在他身边。"

"我们登记完了，我去看看。"秦斌说。

"嗯。"她的头倚在他的肩上。

排队等着登记的人不少，有人商量孩子的名字，有人计算房子的贷款，有人说"把你妈妈接到北京来看病"，秦斌和佳宁两个人沉默着。

轮到他们了，佳宁起来就往里走，突然秦斌拽住她的手。

她看着他。

"佳宁。"

"……"

"现在你还可以后悔。"

她看着他，松开他的手，然后扬扬头真的想了想。

她想到了互相搀扶的老人，想到了师母的话，想到自己创造出来的性质稳定的A材料，想到了她跟秦斌的恋爱，他们是真的恋爱的。

所以有些东西可以忘记，年轻的男孩子，英俊的脸，冷静的白的皮肤，热情的亲吻和欢爱。

这是可以忘记的。

她是大人，她知道取舍。

裘佳宁说："我不后悔。你后悔不？"

"不。"

"那就登记去。"佳宁说，"周末我们办喜宴，走之前再收一大笔红包。"

签字，亲吻，证婚人是个30多岁的公务员，脸白白胖胖的，带着东北口音说："以后是两口子了，好好过啊。"

他们相拥着出来，从此以后是夫妻。

佳宁将车钥匙给秦斌："你去开车，我忙了一天，累了。"

天已经黑了。

她等秦斌取车的时候接起来电话，她总要给一个答复的。

有三个未接来电，手机一直在振动。

是周小山。

"喂？"

"小山，是我。"

他在那边语气愉快："我收到那件大衣了。"

"合适吗？"

"非常合适。谢谢你。"

她微笑，自己也不知道。

"你在学校吗，现在？"

"不，我不在学校。"

"……"

"我在民政局。"

"……"

"我刚刚跟我的男朋友登记了，小山。"

"……"

"我们这个周末办婚礼，然后出发去新加坡。"

"……"

"咱们这么认识，是缘分，不过短了一点。我没有什么要说的。"

"……"

"再见。"

"……"

她犹豫之中要挂机了，终于听见他说话。

语气上没有一点的激动，一点都没有，也没有温度，真正的云淡风轻。

可是哪怕他有一丝波澜，也不会让她这样悚然心惊。

"不能这样。"他清楚地说，"佳宁，你不能这样。"

第十章

惊澜

　　佳宁彻夜难眠，忧心忡忡地想，周小山究竟会做出什么事情？当然他不是个坏人，坏人没有他那样的眼睛。可是即使他是，他也有足够的报复她的理由，因为她的无礼、贪婪和绝情。

　　这样的不安写在了她的脸上。

　　试礼服的时候，她同父异母的妹妹灵灵说："再这么不高兴，连粉也擦不上了。"

　　佳宁说："谁说不高兴？有点累，是真的。"

　　灵灵给她点了一支烟，在镜子里看她："多好，这么不良的习惯，秦斌都纵着你。"

佳宁微笑起来："因为他也是个老烟枪啊。"

这天晚上，电影频道上映迈克尔·道格拉斯的电影《致命的诱惑》：男人外遇，及早回头，可是情人却发了疯，要把他的一家斩尽杀绝。她当时正在跟秦斌吃海瓜子，吃着吃着，看到宽额头的女人瞪着灰色的眼睛行凶的时候，两个人都好长时间没说话。

"这个女人还真是……"秦斌说。

电影终于结束了，女凶手倒在血泊中，死不瞑目。

佳宁连话也说不出来。

刷牙的时候她想，周小山会不会如法炮制呢？这种想法突然冒出来，自己都冷笑出来，人心是多么可怕善变的东西，几个月前，心心念念地，觉得那男孩子的眼神像电影里安静的天使，如今她做贼心虚，居然害怕到这种地步。

秦斌在洗手间外对她说："我说……"

"嗯？"

"后天就是喜宴了。我明天去把那几封检举信寄出去，把事情办利索。"他顿了顿，"咱们这一走，什么时候回来不一定了，那么多的老师、朋友、同事，还有学生，你该说的话得说，该道的别得道，我们还有时间。咱们不欠别人人情，懂吗？"

她的一颗心，悬起来，又放下来——他知道的，他一直是知道的，他要她走也得明明白白。

她说"嗯"，然后用毛巾擦拭濡湿的脸。

第二日天晴，可是出奇地寒冷。

佳宁的记忆中，北京没有过这样的天气，冰封出明晃晃的白日，悬在惨淡的青空中，人心和身体那一点可怜的温度在这样的寒冷中也罩上了白气，成了一个个虚幻的影子。

佳宁去学校，秦斌去寄信，约好了中午跟他的父母吃饭。他送她到北华，下车的时候握她的手："等一会儿我来接你。"

她说"好"，看他的浓眉大眼，体会他温暖的手。

面子给她到这个份儿上，他是真的爱惜她。

她来到周小山的宿舍。

已经放寒假了，学生不多，楼里面空空荡荡。

佳宁想，纠缠这么多，话是说不清楚了，但一声再见，还是应该当面道，再艰难，也要她自己当面开口才对。

可是周小山，人已经不在那里了。

她慢慢推开他的房门，硬板床，书桌，椅子，开着的窗，杨树的老枝伸进屋里，冷风穿堂而过，她微微打了个寒战。

她坐下来，坐在这寒冷的房间里，几天来萦绕在她脑海里的周小山的样子这样一点点一点点地清楚起来：那朴素寡言的年轻人，白的皮肤，黑亮的眼，肢体修长有力，做爱的时候流汗却不呻吟，额角会透出淡淡蓝青色的血管。她试图回忆起关于他的更多的东西，可是除了他来自云南之外，她对他一无所知，如今他走了，干净得连张纸片都没有留下，这个人消失了，像来的时候一样突然。

裘佳宁矛盾重重。她愿他就此走掉，那她就不用再艰难地面对这个人；又不愿他这样去无踪影，好像有些话，还没有来得及说出口。而在这愿与不愿之中，周小山不带任何温度的话在她的耳畔响起，他说，你不能这样，随之一种更强烈的压迫性的恐惧感笼罩在她的心上。

秦斌将三封检举信寄出，自己在车上吸了几支烟。

从外地回来后，事业和生活上都发生了他想象不到的波折，所幸眼下一切似乎都过去了。虽然要去一个陌生的地方开始新的工作，但他没有扭曲自己做人的原则；恋爱多年，可这几个月来摇摆不定的佳宁终于也成了他的太太。

她都是他的太太了，那他也要给她一点时间，还有一生的路要走，他和她不必急于一时。

他看看表，觉得差不多了，给她打了电话。

响了几声，她接起来。

"你那边完事儿了吗？我去接你。"

"嗯，好。你也寄完信了？"佳宁说。

"完事儿了。15分钟以后到。"

此时有人敲车窗。

秦斌收了线一看，是个年纪不大的姑娘，穿得单薄，在寒风中发抖。他摇下车窗。

南方口音的女孩说："哥哥，打不到出租车，载我一段可好？去北华大学的方向。"

秦斌说："请上来，正好顺路。"

女孩笑，上车来，呵着手说："哥哥，你是好人。"

……

她没有等到秦斌来。

过了一个小时打电话，一片忙音。

他的父母也在找他，佳宁自己去了约好的餐厅与他们会合，已经是两个小时之后。他的妈妈在哭。

佳宁一手按在她的手上，一手按键给秦斌所有的朋友打电话，耐心地先听他们道喜，然后冷静地询问他们是不是刚刚见到了秦斌。

她余光看见两位老人的焦急和慌张，第一次觉得这个城市巨大得可怕，又告诉自己千万镇定，如果她也慌了，那他们怎么办？

手机上有陌生的号码打进来。

她看了看，方接起电话。

对方说，是海淀交通队。

她听得仔细明白了，说："好，我就到，麻烦你们了。"

秦斌的父母急切地问："发生什么事儿？"

佳宁眨眨眼睛说："没事儿，秦斌驾照没带，让人逮着了，交通队让我去呢。"

秦母说："把电话拨回去，我要跟他说话，这孩子太不让人省心。"

佳宁笑了："关着呢，不让说话。"

灵灵从餐厅外面进来，佳宁看到她，忽然松了一口气，扶

着她的肩膀："你帮帮姐姐，把他们送到宾馆去。"

她看着她，感觉到她的手在抖："怎么了？找到他了？"

她点头又摇头："没事儿，你先把他们送回去，等我电话。"

佳宁没再回头看秦斌的父母，大衣都没穿就往外走，到门外扑到出租车里，打着寒战却浑身冒着虚汗，她对司机说："师傅请快去海淀交通队。"

第十一章

逆转

接待她的警官姓马，不是交警而是市局的刑警。佳宁到的时候，脸上已经分不清是泪水还是汗水，心脏狂跳着，她仓皇地抓住警官："我是裘佳宁，红色福特25896的车主。我先生他怎么样了？"

马警官看看她说："情况很蹊跷，您的车子彻底爆炸，掉下立交桥，可是里面没有人。"

紧张狼狈的佳宁只听到那最后一句话，心里的石头"咣"的一声落下来，接着更加急切地问："那我先生秦斌，他在哪里？"

"你们之前通过电话吗？"警官没有回答她的问题。

"11点15分。"佳宁回忆说，拿出电话，"他给我打电话说要来北华大学接我，这上面还有记录。"

"据我们推测，爆炸也就发生在这个时间左右。"

"爆炸？"她抬起头来看那警官，好像刚刚听到这个词语，好像不懂它的含义。

"不是车子的故障，我们发现了爆破材料。车子粉碎，效果做得比电影特技还要专业。"马警官的话一字一字钉在她的心上，"初步判定是蓄意爆破。你先生秦斌，跟什么人有过节吗？"

佳宁闭上眼睛，有那么一瞬间不能呼吸。有人蓄意爆破，多么可怕、多么恐怖的行径，居然发生在秦斌的身上。

"裘佳宁……"马警官叫她。

"是。"她睁开眼睛。

"想得到吗，得罪了什么人？"警官问，"这是我们找到你先生的线索。"

她看着警官的脸，脑袋里飞速地思考，秦斌还没有找到，他此时必然还处于危险之中。那她更不能慌，她要冷静下来。

"他是记者，得罪的人很多，可是他很少跟我说工作上的事儿。"佳宁摇着头说，声音哽咽，"我现在想不起来。"

警官点点头："要快啊。"

填材料报案的过程中，佳宁没有再说话，仔细认真地填清了所有的表格。

警官看了之后点点头："真突然，原来你们明天就要办

婚礼了。不过，还有一点我想请您注意，车主是您，有没有可能，这件事儿并不是针对他，而是冲着您来的？"

佳宁看他。

"请不要对我们有保留。"

裘佳宁离开警局，一步一步缓慢地向前走，她的手机没电了，看到电话亭跑过去，往家里打，天真地想，会不会秦斌已经回家了，在等她？

没人接听。

当然没人接听。

她这个时候觉得冷、疲惫，身体摇摇欲坠。她躲进街边的一家肯德基，在一个角落蜷缩起来，闭上眼，最近发生的所有的事情一股脑地涌到心头，像一道头绪纷乱的数学题，求一个最危险的答案。

警官最后的话在她的耳边："有没有可能，这件事儿并不是针对他，而是冲着您来的？"

几天以来笼罩在心里的恐惧终于在光天化日下现形。

一个人莫名地消失，带走她身边的秦斌！

周小山。

佳宁的胃剧烈地疼痛起来，她捂着嘴巴，扶着墙跑到洗手间，吐得直到跪在地上。

身后传来一个似曾相识的女孩的声音："也就是个屌头，真不知道他看上你什么。"

她缓缓地回过头去，是那个姑娘，曾在周小山的房间里出现的姑娘，艳丽而邪恶的脸，微微地笑，看着惶恐狼狈的她。

她突然失去控制，扑上去，却被那女孩轻巧地躲开。佳宁撞在冰冷的墙壁上，身上没有力气，咬着牙齿说："是你？你们把他弄到哪儿去了？"

女孩没有回答她，拿出电话来，按了键，递给她。

那是黑色的小小的手机，按键间隐隐发出居心叵测的红光。她缓缓伸出手去，接过电话。

周小山的声音在彼端传来，如静水无澜："佳宁。"

"……你把他弄哪里去了？"她捏着那电话，直到指节发白。

"他是在我这儿。"小山说，"你已经猜到了？没告诉警察？佳宁，我没有看错你，你真聪明。"

她现在确定秦斌在他的手上。这是什么人？导演那么专业的爆炸。她想要低声下气地求他，转念一想，有什么用？他若肯给机会也就不会下这样的狠手，这样一想，她心里便做好了谈判的准备，直起身，看定那一直微笑的女孩，不示弱，同时对着电话说："小山，是我对不起你。你心里不痛快，怎样都好，你要我做什么都行。放了他。"

她听见他低低地笑了，他从来没有笑过的。如今形势逆转，她受制于他，周小山再不复从前那年轻学生的可爱可怜，是一个操纵情节的魔鬼。

"你撒谎。"小山说，嗔怪的语气，"你最喜欢撒谎。"

"秦斌在你的手上，你知道我不敢。"

　　"你知道就好。"

　　"请说条件。"

　　"……A材料，配方公式，冶炼方法。"

　　原来如此。

　　这让她猝不及防的男人，抗拒不得的诱惑，婉转纠缠的温存，还有今天这狡猾凶狠的掠夺，原来都是为了A材料，这高端的科技机密。

　　这残酷的动机。

　　她在下一秒回答："没有问题。"

　　"游戏开始。"

第十二章

掮客

2006年的时候，法国的一件国宝失窃。

那是一只白色的成年狮虎兽，体长三米，体重半吨，脾气暴躁，斑斓金睛。法国为了培育这只稀世之宝，生物珍奇，花费了数亿欧元，可就在这一年的夏天，一直豢养在法兰西国家生物研究中心的这只狮虎兽失踪了。

那不是一幅可以卷起的画，不是一件可以佩戴的珠宝，不是一个可以通过网络传输的名单或者方程，那是一个能动能咬、能跑能咆哮的庞然大物。

可它消失了，空气一样。

有宝物，就有人渴求，出得合适的价钱，也就有人帮你

弄来。

他们以此为业，在刀锋上行走，赚得利益。

周小山是最好的捐客。

如果他连一只狮虎兽也能偷得、运走，那么带走一个人也就不是什么艰难的事情。

药物而已。

在机场出境的时候，海关安检人员仔细检查持异国护照的这两个人，小山说："我的哥哥，来北京看中医。"

"治好了吗？"

"有起色，不过，"小山指指脑袋，"血栓是个大的问题。"

"得慢慢养。"安检人员说。

他身边的秦斌什么也听不到，他睁着眼睛，可以走路，可是他什么也听不到。

"您的汉语说得真好。"

"华侨。"小山说。

身后有旅客礼貌地催促，女孩说："能不能快一点？"

小山扶着他的"哥哥"向前走："对不起……"

他们上了飞机，坐在一起，小山对秦斌说："休息一下。"然后帮他合上眼睛。

女孩坐在他的后面，他帮她把行李放好，坐下来看杂志，旅游杂志上满是对东南亚的推介，湖光山色如美人的笑一般艳丽。

着民族服装的空中小姐呈上新鲜的木瓜，小山拾起一枚说谢谢。

他翻了几页书，似乎想起了什么，向后招招手："莫莉。"

女孩听他叫她的名字，凑上来问："什么？"

他低声问："在他们的车上，你把炸药放在什么地方？"

"加速器前方，两指外，右斜45度角，横向。"莫莉回答，"一方面用炸药重量压制加速器，保持无人驾驶的车速，另一方面挨近发动机，完全爆炸，无残留。"

"有一点问题。"小山说，"这是福特车，构造比较宽大，加速器前方两指外还没有足够贴近机芯，爆炸不充分，会有残留物质。"

莫莉一顿。

小山说："这次没有大碍，我们用的是普通的炸药，调查不出来。"

莫莉点点头："对不起。"

"不是大的问题，不用道歉。"他说，侧头看看她，"上次胳膊上的伤好了吗？"

"好了。"莫莉说。

小山说："这次出来的时间长一些，北京又这么冷，回去就好了。"

"我想吃粉。"莫莉说。

"回去做给你吃，"小山说，"还有春卷。"

飞机起飞，攀上天际，从窗口望下去，城市渐行渐远。

小山的记忆穿越层叠的云涛，在瞬间勾回。

6岁大的周小山已经是一个小兵，穿绿军装，躲在密林里，刺探敌人的动静。敌人是谁，他不太知道；自己是谁，他也不太知道。在这个三国交界之处，人们讲汉语、缅语、越南语和法语，穿麻织的长袍和长裤，脚底板直接踩在石棱和沙砾中行走，都有类似的面孔和骨架，都像是自己人，都像是敌人。

这是从不曾安宁的地方，被殖民、被侵略、被开采，却从来没有妥协。百年来，炮灰和尸体交替腐蚀着土地，滋养着土地，妖异而矫健的绿色植物在雨季里开花，花下诞生出骁勇善战的孩子，从不委屈自己的尚武精神。

还不能使用热的武器，小山就会娴熟地把竹枝削尖，手起飞落，"嗖"的一声，将毒蛇钉在地上，或者直刺到山猫野猪的双目之间——它们不好，它们咬伤乡亲，它们吃掉阿妈在茶树间养的鸡，它们是那个时候的敌人。

稍大，有大人发枪到他的手中。玄黑色的铁，长筒，凸起小的准星，再灵活再狡猾的东西也逃不开视野，他天生修长有力的臂，拉栓上膛，动作利落，没有经过训练也弹无虚发，让大人都惊讶。

这个时候的敌人，从北面来，军帽上也戴红星。曾经是兄弟加朋友的关系，如今反目成仇。阿妈也奇怪，他们做错了什么事儿？我们做错了什么事儿？

他还是小孩子，没有对错的疑惑，此时又见识到更厉害

的家伙：圆形、梭形、方形、黑色，凸着小小的敏感的制动按钮。把它们放在地上、树枝间，覆上些泥土、枝叶，轻轻一碰，就那么轻轻一碰，巨响，火花，四分五裂的肢体。你知道的，那跟子弹不一样，破坏得那么淋漓尽致，那么漂亮。

这叫作"雷"。

小山恪尽职守地在自己分内的地盘里埋好了所有的雷，等着它们被逐个引爆的时候，形势又有了新的变化。

敌人不再是敌人了，边境由敌对变成了封锁，后来居然通商通车。他埋雷的地方，有人用尽量多的语言标示：雷区，绕行。下面还画个骷髅。那么殷切的关怀。

与原来的敌人修好，可是从前同仇敌忾的自己人，却因为烟草、宝石、粮食和军火又动起手来，打斗得更疯狂了。他埋的雷终于被人踩中，他头向下吊在树上看，是把第一杆枪放在他手中的大叔，肠子流出来，两只脚都没有了。

他看着他。

他指指小山手里的枪。

他送他上路的时候，手没有抖，心也没有跳快一下。

这个时候，小山是少年人了。

他长得和别人不一样。东南亚流火的艳阳、闷窒的空气或是阴暗潮湿的丛林，没有一丝侵袭到他的皮肤或是肌肉里，他个子高，皮肤白，修长却不孱弱，有力却不粗陋。他热爱着杀戮和破坏，却在过往的经验中得到教训，动手前思考。

物极必反。纷乱和战斗渐少，四分五裂的割据被一个更强

大的势力教训、归拢、吞并。

小山越来越多地听到人们说起一个名字：查才将军。

母亲也说起他，她在那细腻的手在锅里翻炒茶叶的时候说起他。

有了查才将军，有了好的茶种，又卖得出去，又收得回钱来。

那日，他终于见到他。

查才将军骑着白马，向人群摆手。30多岁的年纪，穿着整洁的军装，面目是和善的。随从扶他下马，按照当地的习惯，有青壮年男子弯身跪地做他的下马凳。

那下马凳身着白衣，弯身弓成规范的角度，脊背如平板。

脊背应该如平板。

可那上面却有小小的凸起，那么小，那么远，没人能注意到这个配在人的身体上的雷。可小山不一样，他是丛林里的少年，他有最好的眼力，他太熟悉那个制动按钮的形状，他扑上去，在将军的脚就要踩到马凳上之前，以一臂之力擎住他的身体——千钧一发，他救他一命。

他留在查才将军的身边。

从此他记住他的每一句话：

"你说我为什么可以收复这些地方？每个人都有他的需要，粮食、种子、茶叶、盐，交通顺利，见到亲人，我满足他们的需要。

"什么都是交易，都为了利益，小山。你这么厉害，但你

从此以后要记住，没有利益，不用出手，否则是浪费力气。

"庞大的军队是摆设，精兵才是制胜的关键。什么是精兵？小山你要学习，知识、语言、搏击、武器。你最喜欢炸药是吗？我们从炸药开始……

"小山，有人要这块石头，你看好了？你记住了？你去把它弄来。对，在泰王的宫殿里……"

还有就是：

"小山，这是我的女儿香兰。"

身后传来笑声，打断了小山的回忆。

他回头，莫莉在看小电影，她笑得那么开心，小孩子一样。见他回头了，她凑过来说："你快把你的那个电影打开，可好玩了。"

小山回头看看："这是老电影了，我看过了。"

莫莉说："看过也可以看啊，解解闷。"

他转过身去，翻阅手里的报纸："我不闷。"

莫莉关了自己的电影，过了半晌，在他耳边说："她能来吗？我说那个裴佳宁。她有那么聪明？她有那个胆子？"

他放下报纸，想一想："能。"

第十三章

跋涉

周小山乘坐的飞机在Y国首都江外国际机场降落。

他轻轻牵着秦斌的手臂穿过透明穹顶的机场大厅，身边是南来北往的过客。几年来，这个国家实行了开放的国策，秀丽的山水、美丽的女子和廉价的劳动力吸引了来自世界的观光客和商人，经济缓缓复苏，只是脆弱。

北京正值隆冬，这里却阳光明媚，奶白色的阳光浸在绿色植物柔软的藤蔓里又溢出来，多汁的水果，艳丽的花，黑泥土，这里是亚热带的气息。

出了大厅，莫莉伸开手臂："真暖和。"

他们上了等候已久的吉普车，秦斌坐在他的身旁，莫莉坐

在前面，通过反光镜已经将周遭的情况看得仔细，确信安全无虞，车子上路。

司机说："将军去开会，让你好好休息。"

他点头，拨通北京的电话号码。

此时距他最后一次与佳宁通话，已经三天了。

电话铃响未过三声，有人接起。

"是，她找到这儿来了。

"没说什么，就是问你在哪里。

"我把你的电子邮箱给她，也给了她地址。

"她选择了后者。

"她今天早上出发了，很有勇气。

"……生意还好，云南菜越来越受欢迎。

"不客气。"

小山收了线，看看身边的秦斌，像是在对他说话，又像是在自言自语："她总是选错。"

佳宁的第一个错误确实就发生在云南饭庄。

她那天不应该多喝酒，不应该跟朋友探讨关于感情的话题，不应该突然觉得心情寥落，不应该在那个时候从包房里出来，更不应该见到周小山。

可是即使所有这些事情都发生了，她也是有机会躲过去的。她可以当作没看见这个学生，可是性格使然，裘老师最不能容忍学生缺课，什么理由都不行。

她冲上前去的时候，对后来的多难还一无所知。

　　小山站在后面看着这个女人跟别人理论，觉得有趣——自以为是并代替别人做判断的人，身上有喜剧色彩。而且她漂亮，尤其是眼睛，墨黑墨黑的，眼珠比别人大，因为蕴含了丰富的水分而熠熠发光。长着这样眼睛的人，聪明而心地善良，根本就没有说谎的条件，可是她爱说谎，说得蹩脚，明显而拙劣。

　　他这样想起她，心里油然而生一股柔软的情绪，身体向后，慢慢靠在椅背上。

　　同一时间里，裘佳宁也在飞机上检讨着自己的错误。

　　都怪她。情欲、贱格，还有愚蠢，这样轻易地落到坏人的陷阱里，自己摔得遍体鳞伤，如今又被逼迫着拿国家的科技机密交换被掳的秦斌。

　　可那是她的丈夫，正直、忠厚，对她连重话都不愿意说一句，包容她的不忠，他没有任何的错误却在异乡蒙难。

　　始作俑者周小山留在云南饭庄两个东西——他知道她会找到那里。她没有选择用邮件联络，而是选择了他的另一个安排，如今人在出发去异国的旅行团中，手中是他留下的地址。

　　佳宁除了决心没有任何准备，她要找到秦斌，把他完好地带回来。

　　周小山，周小山。

　　她耳畔还有他最后浅浅的笑声，没有什么等待能比见到仇人更让人难耐，裘佳宁在一路向西的飞行中忍耐着后悔与仇恨扭曲着心脏的疼痛。她指尖冰冷，有时迷迷糊糊地睡过去，

很快又喘息着醒来，梦中有什么恶狠狠地扼住她的喉咙，她知道，那就是周小山。

她随身带了些美元、软包的烟、管镇静的阿司匹林——出事儿之后她每天服用两枚，否则睡不了觉，她得睡觉，得吃东西，她很清楚，她不能垮掉。下了飞机，她要先去买一把匕首，肯定会有用，用来自卫，用来割开捆绑秦斌的绳子，或者刺向周小山的腹部。想到这里，又仿佛等不及了，全然忘了自己的手究竟有多大的力气。

下了飞机，有大巴士从机场通向市里，到了宾馆，车门一开，便有小孩子围上来，吵吵嚷嚷，用汉语问："需要向导吗？""要橄榄吗？"

旅游团的导游让大家聚拢快去宾馆的前台登记。佳宁带着自己的行李包留在外面问其中一个年纪稍长的精壮的男孩："你说汉语吗？"

男孩说："说汉语，说得好。"

她把周小山留的地址给他看："带我去。"

男孩看一看："远。"

"有多远？"

"整个白天。要坐车，要过河，要乘船。"男孩说，"要付我5元钱，人民币。"

佳宁从怀中掏出钱来："这是50元，你看好了，美国钱。快带我去。"

男孩收了钱，用手指捻一捻，熟练地辨认真伪，然后笑

起来，黑黑的小脸上露出白色的牙齿："走，现在走，我送你去。"

他的伙伴们哈哈笑起来，唧唧呱呱地叫起来，羡慕着他的好运气。

佳宁拉住他的衣服："等等，去跟妈妈说一声。"

男孩看她："没有妈妈，也没有爸爸。"

他们在法国殖民者留下的古老的车站上火车之前，男孩带佳宁去买了椰子。毛茸茸的椰子，壳非常坚硬，卖家使用半弯的锋利的刀，用力劈下去，上面裂开口，流出金色的汁水。男孩用自己的硬币付钱，拿过来给佳宁喝，可更吸引她的却是劈开椰子的刀。

她是材料专家，认得好的刀。

那乌亮的精钢，坚硬又锋利无比，佳宁用指腹抚过刃口，迎着阳光看刀尖，非常满意。

"我要这个。"她让男孩翻译。

讨价还价，一个好的武器，不过是几个椰子的价钱。

男孩问："你要干什么？"

佳宁学卖家刚才的样子抡圆了胳膊向椰子劈下去，也一击命中，她对男孩说："这样我们就总有椰子吃。"

火车慢。

车厢拥挤而燠热不堪，有本地的农民坐在过道里，学生模样的白人大声开着玩笑，小孩子在哭泣，有时也笑，柔软腔调的本地话的广播，音乐也是靡靡的。鼻息间有绿植物和茶叶的清香味，人体的汗味还有风油精的味道混合在一起，缠绕着树的影子，山的影子。

佳宁坐在窗边，向外看，这南国的山，黑色的泥土覆着茂盛的植被，拔地而起，是一个个惊心动魄的擎天柱，云霭压得低，漫漫地只及山腰，云层中有流电滑过，隆隆声传来。

无论在中国、美国，还是她去过的任何地方，都没有这样的景象。

"你从什么地方来？"男孩问。

"中国。"

"北京，上海？"

"北京。"佳宁说，"你知道那里？"

男孩点头："知道。有椰子吗？"

"没有。"

"有木菠萝吗？"

"没有。"

"有什么？"

佳宁想一想："高楼，很多的高楼，我来的地方是真正的大城市。"

男孩看看她，低头喝自己的椰子：他不感兴趣。

佳宁终于想起来："有雪。北京下雪，落在红砖绿瓦的老房子上，非常漂亮。"

男孩抬起头，目光长长，仔细想一想，点头。

慢行的火车走走停停，下午时分，天色阴暗，水汽重了，

佳宁觉得身上凉快了些，却越来越发黏。

男孩看到她的手在空气中拂动，知道她纳罕，便说道："到湄公河了。"

终于汽笛长鸣，火车到站。

佳宁下车，向南看，明明听见低沉安静的波声，却只见白茫茫的一片，湄公河上烟气蒸腾。

从火车上下来的本地人奔到河边把水浇在身上，男孩也在中间。他招手让她过去，佳宁走过去，他也把水泼在她身上。佳宁是爱玩乐的人，可是此时心不在焉，只说道："我不热。"

男孩说："不是为了这个。"

码头上有轮渡，她跟着男孩上船，他说："过了河便是西城，你要去的地方就在那里。"

轮渡行驶得一如刚才的火车一样缓慢。分明是现代的交通工具，却仿佛背着不堪的重负，艰难沉重。像这个国家一样，明明没有很长的历史，却从来没有年轻过。

她站在船舷上，看着水汽下阴暗地浮着腐朽的枝叶的流水想：她跟周小山的交易其实完全可以在江外进行，那已经是他的地盘，可是，他一定要让她孤身一人，层层深入，直至腹地，是不是周小山也要她来体会他之前孤身在北京的背离感？

登上陆地，便是西城。

这是到处充满着法国殖民遗迹的城市，旧的建筑，柔黄色的砖墙，镂空的栏杆，圣母像，还有老梧桐，常绿，常掉叶子，铺在黑色的路上。

男孩把地址给司机看，他们打了出租车穿过城市，停下来，在一个旅馆门前。天已经黑了，有颜色柔和的霓虹灯亮起招牌。

法文：友谊宾馆。

佳宁认得那刺眼的字，友谊宾馆？她一下子就笑了，伸手按住挎包里劈刀的柄。

男孩说："你到了，我要走了。"

佳宁回头看他："已经晚了，你原路回去要什么时候才能到江外？"

男孩摇头："我得回去，弟弟在那里。"

她又塞了钱给他，男孩双手合十还礼说："你身上有河水，愿你有好的运气。"他回身奔跑，消失在夜色中。

佳宁孤身走进"友谊宾馆"，在前台登记，只说到自己的名字，经理便微笑着将钥匙给她："请好好休息。"

三楼，西翼，木质的门，她用钥匙拧开锁，门吱吱呀呀地开了。

第十四章

仇恨

这是一个约15平方米见方的房间，明亮的月光从百叶窗外析出，漫漫地投在屋子里，一个柜子，一台电视，一张桌，还有它们的影子，夜风吹进来，摇椅微微晃动。佳宁打开灯，暗黄色的光，房间的一侧有帷幔，她锁上门，走过去打开，一张大床，铺着柔软细致的竹席，有清淡的香气。

没有人。

床上却有给她准备的东西，那是女性的民族服装，立领盘扣的长衫和长裤，淡绿颜色，柔柔的丝质，滑过指尖，又轻又软。

佳宁将衣服拿起来。

周小山的游戏，这是他指定的道具。

粳米与中国北方的大米或泰国的香米不一样：没有那么香、那么软，也没有那么高的糖分，做成米饭都是一颗一颗的，并不好吃。可若是磨成了面，攒成或细或扁的米粉，便是极佳的美味。莹白色，爽滑劲道，配上浓郁的牛肉汤汁和香草、柠檬片，这是莫莉的最爱。

牛肉更加讲究。鲜精肉切得细薄如纸，不可煮，不可炒，用浓汤一遍一遍地浇上去，直到余熟成嫩粉颜色，脆的鲜美之中还有牛肉的膻甜味。

莫莉吃完了春卷，在等自己的米粉。

小山在料理牛肉，最后一道工序了，他精耕细作，很有耐心，仿佛他一生并没有别的事情要做。

莫莉不耐烦了，终于开口："那个女人都到了三天了，你还不去跟她见面？"

小山终于做好了这一份，回头递给她："不用着急，还有时间。"

他想，连莫莉都不耐烦了，那裘佳宁会着急成什么样子呢？

她应该这样去体会等待的滋味，一点点地蚀骨入髓的痒和痛。她此时的感触可能与他从前不一样，忽略掉那时的欢爱，仇恨压制一切。不过怎样都好，等待是她得细细品咂的东西。这是她亏欠他的东西。

裘佳宁等了三天。

　　从北京来到这里不过两天的时间，而她在这里等了三天。

　　她在焦躁之中强迫着自己吃饭、睡觉，却在夜里梦见秦斌受苦而惊醒，赫然睁开眼，知道自己人在异国，觉得他似乎就在身边的某个地方，却像间隔了一个时空般无法触及。

　　闭上眼再入梦，却见到周小山。她扑上去要撕碎他，那人却忽然背过身去，肩膀瘦削，负着手，声音低沉地说："怪我吗？是你自找的，是你自己找上我。"她在梦中痛哭流涕。

　　佳宁清晨起床，枕际濡湿。

　　友谊宾馆的后身，佳宁房间的窗下是一条小河。每日早晨，河上升着雾气，浸到房间里来，人的身体上、家具上湿漉漉的。河的这一侧，都是涉外的宾馆，当地人摇着小船叫卖水烟、时令的水果、鲜花和工艺品，也有收拾得干净舒适的游船，载人沿河观光。

　　她坐在河边的台阶上，一个年轻的当地人在自己的船上对她用英语说："向西，有市场、鸟，很多。"

　　她看看他，没说话。

　　"便宜。"他伸出手掌，要5元钱。

　　她要起身离开。

　　年轻人拿出竹筒的水烟壶来，示意她尝尝这个东西，他做出吸一口的样子，然后双手合上放在脸的一侧，告诉她：忘记一切，睡得好。

　　佳宁上了他的船。

　　年轻人为她点上水烟，然后慢慢摇橹离开河岸。

烟壶里发出咕噜噜的声音，佳宁吸一口，有古老奇特的味道，涩的，苦的，暗暗的香。她的神经仿佛真的舒缓了一些，像服食了药物，悠悠然起来。吸进来，吐出去，薄烟，现了形的叹息。

不知行驶了多久，小船忽然一停，她抬头看看，对面来了一艘尖头的船。河道太窄，两条船挤了一下，木船舷相擦，"咯吱"几声。

佳宁低下头，继续吸烟。

擦过来的船上有人问："小姐，要香花吗？早上采的。"

她如遭雷击，慢慢地，慢慢地抬起头来。

周小山。

玉一样的脸，玄黑无底的眼，微笑，手里捧着篮子，满盛着白色的花，香味绕过来，淡的，甜的——却也是狰狞的，向佳宁挥舞，一下子撕开她此时的迷惑和镇定，只有恨，在一瞬间烧得心发焦。她喉咙都疼了。

有血最好，仇人的血。

先喝了再说。先喝了再说。

佳宁抽出随身带的椰刀，使尽了浑身的力气向对面的周小山劈去，卷着一阵风。

他躲都没躲，只是手指拨拨篮子里的花，里面藏着一张照片。

裘佳宁猛地住手，刀尖在小山的胸前收住，有一根手指的距离。

力道回来，她自己的虎口和手腕发麻，武器掉了，被他信手接住。

那张照片上，秦斌在黑暗的屋子里，面目安静，手里有报纸，昨天的日期。

她浑身瘫软地坐下来，仰着头，逆光看他："你这个魔鬼，你这个魔鬼……"

他伸开手臂，把她抱到自己的船上，一手绕到后面，锁住她的腰，抬起她的脸，对正自己，看她的眼睛，疲惫，一如记忆中经常复习的那么漂亮。

小山说："久违了，裘老师。你要抓我回去吗？"

她咬着牙浑身挣扎着要脱离开他的怀抱，被他强硬地把手反剪回去："怎么你忘了状况？你跟我，谁说得算？"

她剧烈喘息着，说不出话来，瞪着他，目光熊熊，胸口的怒火更是要将自己撕裂一般。

"我们走，马上上路。"周小山看着她说，"现在开始，你要乖，否则永远也见不到他。"

这是致命的条件。佳宁闭上眼，告诉自己安静下来，人为刀俎，她和秦斌都是鱼肉，要殊死地搏斗，更不能乱了阵脚。

"你把手给我放开。"佳宁说。

他松手，低头拾起她的劈刀，拿在手中看一看："用得还合适吗？"

"……"

他把它放回在她的挎包里："你留着它吧，也许有用。但

以后要记住，首先确定对方一定在你攻击的范围之内，颈上的动脉才是一招毙命的地方。

"对，就在这里。

"然后一旦出手，无论怎样，绝不回头。

"这是我教你的第一课。"

"我但愿有一天这么杀了你。"

"我等着。"

第十五章

血染

他们回到友谊宾馆三楼的房间取她的东西。

小山坐在窗下的椅子上说："你刚才看到他的照片了？你要的东西，完好无损。我要的，你带来了吗？"

"不然我拿什么跟你交换？"佳宁说。

"芯片？"

"有必要吗？我人来了不是更好？"

他看看她的背影，没说话。

她个子高挑，在北京的时候，喜欢穿披肩，露出小小的形状美好的脑袋，黑色的卷发有时披散开，有时盘起，骄傲地扬着。

那时他想，她穿上"奥黛"会是什么样子呢？

如今准备了给她，却被丢弃在地上。

小山走过去拾起那套衣服："你穿上它。"

她回头看，看了很久，终于下定了决心接过来，当着他的面，背过身去，将身上的衣服脱下，将他给的换上，用胳膊擦眼泪。

他转身望向窗外。

那是柔软美丽的衣服，颜色淡绿透明，穿在身量修长的佳宁身上，水一样飘荡，似有盈袖的香气。

他看看她，然后蹲下身为她把绣花的布鞋穿上，站起来，四目相对，放弃了拥抱她的想法。

"路很长，我有时间解释你所有的问题，问什么都可以，我不想你这样不说话。"

"……"

"有人要买，你们不卖，我只是尽力促成这个交易而已。之后会有钱打入你在中国银行的账户。"

"……我以为你真的是个学生，你这个骗子。"

"公道一点，我想完成一个任务，总要事先做些功课，我是干这一行的。"

"我老师突然住院，跟你有没有关系？"

"……如果我能把他弄到这里来，还会需要你吗？王院士突然发病，这是他的运气。

"你觉得是我设计了你？

"我的目标只是王志里，并不是你。

"那么遇到你，我才更意外。"

"可我丈夫他什么也没有做。"

"⋯⋯他不应该是他。"

"⋯⋯"

"你喝一点水，你一直都没有喝水，不能这样。"

吉普车在黑色的盘山路上行走，佳宁在周小山身边的座位上，头靠着椅背，目光茫然向前。

她觉得头疼，摸自己的挎包，拿了阿司匹林出来，仰头服下。

他在反光镜里看着她。

她又拿烟点上，还未待吸一口，被他一把夺过去，扔到外面。

没关系，还有。

她又拿出来一支，背对着他，点上，深深吸一口，吐烟圈出来。她耀武扬威地回头看他。

周小山咳嗽一声，腾出一只手来抢她手里那支烟，狠狠掐灭了，扔出窗外。他把挎包从她怀里一把夺过来，迅速地找到烟盒和打火机，全都扔了出去。裘佳宁同时一个巴掌狠狠地甩在他的脸上。

周小山愣住了，手里还拽着她的挎包，脸上带着种不可置信的表情，定定地看住她。

车子此时走进山腰的云海里，雾气弥漫进来，两个人的脸

都模糊了。

她借机伸手去夺方向盘，触及他的手臂，厮打起来，迷雾中车子忙乱地扭动，擦到一侧的峭壁上，发出锐利的噪音，佳宁这次用尽了全身的力气去跟周小山搏斗。她并不知道自己究竟要做什么，只是想把什么东西抢回来，哪怕是香烟也好。下一秒钟车子拐了个弯，突然失去了重心，她听见他说："笨蛋。"跌下悬崖的时候，被他攥紧了胳膊。

……

周小山跟香兰第一次见面的时候，是她从英国回来度假。

查才将军把两个少年人介绍给对方，香兰向他伸手，用英语说："小山，你好。"

小山握手说："你好，初次见面很高兴。"

香兰笑起来，问自己的父亲："为什么他也是英国口音呢？"

"因为小山学什么都像。"将军说，"这个假期，安排你们去南美度假好不好？"

他们背着行囊，穿轻巧结实的登山鞋，像全世界热爱旅行的孩子一样行走在陌生的国家，住青年旅馆，喝喷泉里的水，跟陌生人跳舞或者赌钱、掷骰子。

在利马停留的时间长了一些。小山在酒馆里跟一个人下起了五子棋，每晚都比，输赢相当。

香兰说："走吧，走吧，咱们去复活节岛。"

小山说："等我制服了他再说。"

女孩只好每日在酒馆里等他。

逗留数日，有大叔过来跟他们说话，问道："你们从英国来的？"

小山毅然离开激战正酣的棋局过来回答："在英国念中学。"

"太年轻了。"

"书念得是一样好。"

"哪一间？"

"圣蓟。"

"丹斯先生好吗？"

小山拿出电话来："待我现在问候他。"

大叔向香兰眨眨眼睛："我从前的成绩不好。"

小山讲完了电话对那人说："成绩单已经改过了。"

有短信发到大叔的电话上，他立时看了，微笑，拿出小方盒子："这是给丹斯先生的点心。"

小山接过来，打开看，仔细看，然后合上："好点心。"

二人握手，道别。

香兰看着他们，他乡遇到校友，可爱的场景，精彩的电影。

在去复活节岛之前，机场有些混乱。

小山突然改变了主意，问香兰："我们去合恩角好不好？坐船就可以。好望角我去过了，一直想去这世界的另一端。"

她微微笑："可以。"

上船之前他说："有礼物送你。"

小山给她戴上硕大的蓝宝石项链，香兰说，真漂亮。

过海关的时候，警察是位中年的女士，查验证件时，对这两个漂亮的东方少年友好地微笑："喜欢这里吗？"

小山点头。

她看看香兰颈上的项链："哦，那是国母之泪，我女儿也有这样的一条仿制品。"

香兰说："走之前刚刚买的，我喜欢。"

他们这样安全地离开那个国家。

可是合恩角只有古老的灯塔、黑色的沙砾和卷着巨浪的风。

香兰站在他的前面，面向着大海："你来这里是帮他做交易，对吗？"

他一贯地不说话，因为不知道怎样回答。

有水星飞到脸上，是她的眼泪。

……

现在也有水汽蒙在脸上。

周小山睁开眼睛，迅速整理好视线和思维：水雾缭绕，山坳的丛林里，翻滚下来的车子，他可以动，身体无恙。

裘佳宁。

他心下一舒——手里还攥着她的胳膊。

回头看，她就在他的身旁，睁开眼睛看着他，不说话。

他伸手摸她的脸，探她的鼻息："你怎么样？你还

好吧？"

她"嗯"了一声，被卡在座位上，说不出话。

他们现在被困在翻转过来的车子里，车门都被树枝和山石堵住了。小山用力撞碎前面的玻璃跳出去，小心翼翼地向外挪动佳宁。

她皱眉头，动不得。

他知道情况有异，慢慢地问："怎么了，佳宁？"

"……"

他闻到血的味道，然后看见那把劈刀，那把她准备好了的，要砍在他身上的劈刀，刀尖已经切到她右侧的肋下，佳宁每轻微呼吸一下，便有鲜血汩汩流出。

她觉得冷，却有汗流出来；没有疼痛，可是身上在颤抖；想要说话，气息提起来，却发不出声音，缓缓地伸手向他，被他握住："别说话，佳宁。我把你抱出来，你就这样不要动。"

小山一手绕过她的颈子扶着那把劈刀，不敢拔出，怕鲜血喷涌；另一手抱她的双腿，尽量保持她身体原来的角度，慢慢地把她从车子的前窗抱出。

他把她放在旁边的草地上，查看了一下：她口中没有血，劈刀应该没有伤及内脏，可是刀尖进入一指，伤口很深，血顺着刀与肉的缝隙流出。

"我，我……"她看着他，嘴唇翕动。

"你没事儿，先不要说话。"他摸她的头发和脸颊，她的手那么冷，他用力地攥住，"等我一会儿好不好？我马上回来。"

他脱下自己的短袖卡其衬衫，覆在她的身上，语气几乎是恳求的："就一会儿，你不要动。"

周小山觉得她似乎点头了，转身奔入密林中寻找能够止血的草药。

裘佳宁躺在地上，因为之前服食了药物，此时血液又在一点点流出，她的视线模糊起来。

眼前先看到的是秦斌，他穿着夹克，叼着烟，背着自己的摄影机。佳宁说："还想带你回去，可你看，我是个笨蛋。"

然后那个人忽然变成了周小山，不说话，忧郁的年轻面庞。她此时确定之前的种种不堪都是自己的错误，轻轻地说："对不起，都怪我，是我弄糟了一切。"

她颤抖的手渐渐摸到那把刀柄，心里安慰：多么好，原来是为自己准备的。

这里有水声，植物的气味。

做爱的时候，周小山身上的味道。

她使尽了力气把那劈刀从自己的肋下拔出。

周小山在石缝中找到淡竹。那是丛生的锯齿形的草药，树林里止血疗伤的灵物，可是枝叶锋利，他用力拔下一捧，手掌被割破。他的伤口不仅在手上，蒿草、树枝刮得他身上都是伤痕，细细地溢出血来。

可是他顾不得这些，他的眼里、心里此时什么都没有，一个人赤膊在密林里快速奔跑，健步如飞，害怕耽误一点就误了那个女人的性命。

然而当他回到她身边的时候，她的血将身下的一块土地都染红了，眼睛半睁半闭，那么安静，没有了气息一样。

周小山只觉得自己的脑袋"轰"的一声，什么东西被硬生生地从身体里割裂了。他奔过去用自己的手，用自己的身体要覆住她的伤口，阻挡涌出的血液，心里愤恨着，他要她等等，要她不要动，她明明点了头，却还要这样。所有的谎话和背离都不及这一次做得彻底。

她才是真正的骗子。

周小山把她抱起来，嘴巴贴着她的耳畔，咬着牙一字一句地说："裘佳宁你听得到的，你要是死了，我就把他杀了，让你们两个去阴间见鬼，我说了算。"

昏迷中的她忽然咳了一下。

小山心头一松，立即把淡竹捣碎盖在佳宁的伤口上，将自己的衣服撕成条缠在她身上，动作谨慎，小心翼翼，然后他慢慢地把她抱在怀里，阻止她那可怜的体温的流失。

不知过了多久，小山怀里的佳宁轻轻地动了一动，他在耳畔问她："我是谁？"

她认得气味，虚弱地回答："周小山。"

然后叹了一口气。

他抱着她的手一紧。

"你走吧。"

"……"

"以前做得不对的地方，我拿这一条命赔给你不够吗？放了他。"

"别说话。"

"你要Ａ材料……"

"我要你活着。"他说完吻住她的唇，温柔却不失力道，温暖地给她气息，阻止她说话。

细致的亲吻，久违了的温存。

上一次是什么时候？

北京的初冬，华大的宿舍里，他是她暗地里的情人。

他离开她的唇，又抱她在怀里："我早说过的，佳宁，你想走，不行，不行。"

她再醒来，听见奇怪的声响。

树的嚓嚓声，地在震动。

小山还在她旁边，扶她坐起来，手一直护在她的伤处："有人来接我们了。"

她抬头看，是两只大象，装着华丽舒适的鞍，那从前见过的女孩坐在其中一只上面。

她仍在他的怀里，他们乘着大象在密林里继续刚才的路，流血止住，佳宁有了点精神，安静地看着这从未到过的地方。

小山看着她，伸手拨她的刘海，被汗打湿了，贴在额头上。

　　这样像是枝头的鸟儿，细致地为爱侣整理毛发，呼吸都融在一起。

　　他们沿河走过，伏在河岸树上的鸟儿惊起，呼啦啦的一片一片。

　　佳宁忽然眼波一转。

　　小山说："看见什么？白鹦鹉？你想要吗，我给你捕来。"

　　她摇摇头。

　　他握住她的手，她的心在哪里有什么要紧？如今她再不会背向他，离开。

第十六章

往昔

那个暑假结束，香兰没有回英国。

她转到了西城的国际中学念书，小山奉命随行。

查才将军临行前嘱咐小山一方面好好学习，另一方面保护好香兰的安全，给了他一把银色的小手枪——英国制造。

学校里男女生分开宿读。小山和香兰的教室和寝室都相对着，有时他上课的时候侧头看看对面的香兰，她正一手拄着脸，在对面看着他。然后老师叫她起来答一道什么问题，当然她是答不出来的，晃晃悠悠半天，只得伸出手来挨老师的板子。她跟他扮鬼脸。

所以下了课在图书馆里，香兰把老师讲的问题再从头到尾

地问他一遍，也是情有可原的：她根本不曾听讲。

那时候她穿白裙子，海军领，胳膊细细的，会很多种转笔的方法。他给她讲物理题的时候，她的手在一侧，转得他眼花缭乱。他把她的笔拿下来："串联和并联非常重要，你要是不想考试，我就不讲了。"

"就是考试吗？我还以为有多严重。"

他看看她——等量的炸药，不一样的搭线方式决定爆破范围和程度，决定可以死多少人。

这话他可没有说出来，收拾了自己的书要走。

香兰抓住他的衣角："你说什么来着？串联的时候，电流一样，根据电阻分压，是不是？"

他坐下来问她："那你说并联的时候呢，刚才我也讲了的……"

周小山在这个时候长得更高了，同样的白色校服穿在他的身上显得那样挺拔俊秀。当这贵族学校里别的男孩子挖空心思地找机会脱下那统一的制服，穿漂亮高级的西服或是舶来的胸前有个三叶草标志的那一种运动服时，周小山只穿校服，节假日也一样。

他安静又朴素。

他喜欢读书，成绩上佳，外语说得那样好，有以假乱真的口音。他被女孩子们注意，但是心无旁骛，超乎年龄地沉默寡言，少女们觉得他身上有神秘的故事，因此更是为了他着迷，但是也有女孩子说他冷酷，说根据她的经验，这样的男孩，心里除了自己还会有谁呢？她们为了他打赌。

那个周末的下午，有女同学在篮球场的旁边溜旱冰的时候滑倒了。她是故意的，她是抓到阄的胖姑娘。可是之前的准备工作有纰漏，她弄巧成拙，真的摔坏了膝盖。没有人帮忙，穿阿迪达斯的男同学们虽然好奇于她的体重，不过并不想拿自己的胳膊去测量，女同学们也没有人上来，她们在观望，她们以为游戏在进行中。只有周小山跑过去，扶她起来，转身背在背上。那个周末，校医不在，天气闷热，艳阳似火，小山背着胖姑娘穿过球场、校园，穿过三条街道，找到最近的医院，及时治疗，女孩的腿伤终于没有大碍。他等到医生处置完毕又送她回来，直到宿舍。

她们想，他究竟是怎样的人呢？又冷漠，又善良，又疏远，又义气。也许有个人应该了解得多一点：查香兰。他们是同时来的，他们有的时候在一起。

"小山这个人怎么样？"香兰被同学问到这个问题，想了一想："跟所有人都一样啊，就是不太愿意说话而已。"

她们谈起他，正是深夜。宿舍里熄了灯，女孩们围坐在被子里，一把手电筒，一个竹叶扎成的小人儿摆在正当中，香兰话音刚落，就有人往小人儿上面扎了一针说："有人说假话，就让她疼一下。"

香兰真的觉得耳朵上疼了一下，赶快摸一摸，嘴里嘀嘀咕咕地说："我没有说假话。"

她心里想，其实她真的也不知道些什么，爸爸培养出的小

山，他为他做事，他们是一样地神秘。

"你们不要难为她了。"有人解围，是曾经与周小山"亲密接触"过的胖姑娘，"香兰可能真的什么也不知道。她不知道，就编也编不出来啊。"说话的人笑一笑，因为想起可爱的回忆，"他跑得真快，送我到了医院，粗气都不喘。"

香兰心里不平，她其实是温柔诚实的淑女，知道什么事情不可以说，什么事情不能炫耀，但这个年纪的女孩，没有什么比自己的魅力要更努力捍卫的东西，她说："要是一定得说，那我也就不瞒着了。周小山，他当然是喜欢我的。他跟我来到这里念书。"

女孩们嘻嘻笑。

她知道为什么，这些话也许反过来说才更像真的一点。

越是心虚的时候越要发狠，香兰把一根针刺在竹叶小人儿心脏的位置上："谁要是说谎，谁就一生也得不到幸福！"

管理员老师用竹鞭在门外面重重一敲："再不睡觉，明天开始清洗一个星期的浴室！"

女孩们噤声，各自蹑手蹑脚地回到自己的床上。

香兰好久没睡，小心地计议。

小山回到自己的房间，香兰在等他。她的头发又黑又亮，丝缎一样，在夜晚凉爽的风中轻轻飘荡，是夜留兰的香气。

"你不是有法语课？"

"学不明白，我提前出来了。"

"……"

"反正你也可以教我的，对不对，小山？"

"……老师说得才仔细。"

"复合过去时与未完成过去时差别在哪里？"

"都是过去时态，一个强调结束，一个说状态在过去的
持续。"

"哦……原来是这样。"

她渐渐走近："我还有个单词不认识。"

"什么？"

"Embrasser."

"……"

他回答不出，他知道这个词的含义，可是他回答不出。他
被香兰拥抱住，她的少女的嘴唇，又香又软的粉色的嘴唇印在
他的薄的冷的唇上。

那是浅浅的吻，却香气盈口。

她离开他，他看她的眼睛，还有唇。

"亲吻，对不对？"

他点点头。

"明天晚上周末的舞会，我们跳舞。"

"……"

她那样爱他的表情，那个时候的小山，从来不动声色的脸
上因为腼腆而发红，她笑着抱他，脸埋在他的胸前。这才是这
个年纪的男孩应该有的样子，不是吗？

她从他的房间里出来，快活地唱歌，走到室内体育馆门前

的时候，被人轻轻叫住："查香兰。"

她一回头。

路灯下，绿色的小虫飞舞，飞舞的小虫下，立着一个男孩子。

她觉得他那张线条硬朗的脸似曾相识。脚步转一转，实在想不起来是谁。

"我是阮文昭。"男孩说。

"哦。"她认得他了。

阮文昭的父亲曾经是查才将军的部下，后来不再带着大堆的礼物拜访了，他自立门户，如今风生水起，割据一方。

"早就发现是你。"阮文昭说。

香兰微笑："你好，文昭。"

"你个子高了。"

"你也是。"

"明天一起跳舞？"

"明天？明天……明天再说。"

可是她等了整个晚上，周小山并没有出现。

她穿着校服参加舞会，因为她以为他会穿。可是他没有来。

女孩们起先笑眯眯地看香兰吹牛的后果，后来一个个地坐下来，拿着果汁，陪着她等待。

她打电话，他也不接。

本没有打算参加舞会的胖姑娘拄着拐杖来说："我看见周

小山一个人在篮球馆打球。"

她们一起"哎"了一声。

她没有再去找他。

她自己坐在天台上看星星，回忆他们一起在南美的旅行。

可这是3月，亚热带的星空，点点璀璨，仿佛触手可及，真的伸出手去，只有风在指尖滑过。

"香兰。"有人喊。

她回过头，是阮文昭。

"哦，文昭。"香兰擦擦眼泪，借着夜色掩护，但愿旁人没有看见。

"舞会结束了。"

"是吗？"香兰说。说起来，她自己的早就结束了。

"我还想跟你跳舞呢。"

"为什么不？"

她从阳台上跳下来，被他握住手。

这是他们的16岁。

西城国际中学，某一个周末的学生舞会刚刚结束。

周小山在黑暗的体育馆里打篮球，这项运动的好处是，除了篮筐，你没有对手，没有敌人，也没有朋友。

穿校服的查香兰跟穿西服的阮文昭在宿舍楼的天台跳慢四步，他搂着她的腰，口中数着拍子。

之后发生的事情，让查香兰对着竹叶小人儿的赌咒一语成谶。

第十七章 上

痴迷

　　乌云密集，又要下雨。周小山站在檐廊下向远处看，山峰连绵，一眼无边。

　　他刚刚与人在国外的查才将军通话，15日后，将向买家提供他们需要的关于A材料的资料。

　　将军问有没有问题。

　　小山请他放心。他知道这次交易对将军来说非常重要，对方付出的代价是数量可观的军火。

　　他回头看看躺在床上的佳宁。她床头悬挂着点滴，药液一点点地流入身体。

　　佳宁此刻昏睡着，合上的眼睛是弯弯的一道曲线，眼角微扬，下弦月。他走过去，手指轻轻滑过她那柔和的脸庞，这样的佳宁没有之前又见到他的时候那么恼怒仓皇，也没有在北京的时候那么飞扬跋扈。他记得，她那时做完爱即走，没在他身边流连过一秒。可此刻她睡得很好，婴儿一样，在他的地方。

如果她永远都是这个样子呢？

如果她永远都这样留在他的身边，像一幅画、一棵植物或者一汪湖水一样？

这个念头在他脑袋里一闪，轻轻巧巧地过去了。

第一枚雨滴敲在石板上的声音。

佳宁睁开眼睛。

他看着她，房间阴暗，可两个人的眼睛都非常明亮。

他伸手握住她的手，她指尖冰凉，可是没有躲开。

"想自杀？但是力度不够。"他微笑看着她，"距肝脏还有一厘米的距离，但是已经缝合了。佳宁你会很快复原的，你的身体素质非常好。"

她没有说话，只是看着他。

他拨她的头发："饿不饿？我去叫人送吃的东西来。"

她摇摇头，另一只手按住他的小臂："在这儿待会儿。"

雨终于下来，击打着房檐、石板和芭蕉的叶子，滴落在房前鹅卵石铺就的路上，汇成小的溪流，叮叮咚咚地交响着。

房间里的周小山，看着佳宁，体会着她的气息和温度，眼神和心念在这个时候都离不开，仿佛痴了。

他从她的房间里出来，月亮已经升起。

　　房子的中庭里有小水井和一棵高大的榕树，他脱下上衣，在树下打水上来冲洗身体，他腰上一寸的地方缠着密匝的绷带。井很深，水冰凉，透到骨头里，他的身上也有疼痛。

　　"嗖"的风声传来，小山伸手在背后接住颗袭来的红毛丹，力道很大。

　　他拿过来看看："还没熟呢。"

　　莫莉的腿从榕树的枝丫上垂下来，细细的两只脚。

　　"你什么时候打发她走？我讨厌她。"莫莉朗声朗气地问。

　　他站起来，身上湿淋淋的："你担心得太多了，东西没到手，怎么让她走？"

　　她说："她差点害死你。"

　　"她那种人能做什么事情？一只鸡都杀不死。"

　　"她杀鸡干什么？她把你的车子都弄翻到悬崖下面了。你的肋骨也折了，你还给她找药。"

　　"……那你说我怎么办？"

　　"……反正我讨厌她，你快点把她弄走。"

　　"事情结束，当然会的。"他说，"那边的情况怎么样？"

　　"你是说那个男的？还好，吃喝都正常，昨天要纸和笔，我没有给他。"

　　他点点头："事情跟他没关，再说以后还要放了的，不要亏待他。"

小山把衣服拿起来，要回后面自己的房间，莫莉又一个红毛丹飞过来，他听见了却没有躲，头上结结实实地吃了一记。

"你消消气去睡觉吧。"

因为气候的缘故，人在这个地方新陈代谢的速度加快，像植物一样，生长，复原。佳宁的伤口每天有医生清洗换药，都是奇怪的草药，恶苦的味道，却疗效显著，她原来觉得疼痛的地方渐渐愈合，新肉长出来，开始发痒。

她在睡梦之中忍不住了，伸手去搔痒，被人按住了手腕子。

她迷迷糊糊地睁眼看，是周小山，一直守在她的身边："再等几天，再等几天就可以去掉纱布了。"

伤口渐好，有仆人帮她沐浴换衣，换上的又是丝织的"奥黛"，可是镜子里的她，脸色像那衣服一样苍白。佳宁对着镜子擦上自己的胭脂。除了烟和打火机，她的东西还在，还有那柄椰刀。她把那刀拿起来仔细地看，觉得仿佛更锋利了一些。

周小山站在檐廊上，看见她研究那把刀。

"你见到它不会觉得害怕？"

她看他："为什么要？"

"那很好。以后你要留着它，它是你的武器了。这是我们这里的习惯，选中的刀用自己的血开刃。"

佳宁站起身来，慢慢走近小山："我们是不是忘了什么？你要我来这里干吗？"

"你是说Ａ材料？我们还有时间，需要的时候我会向你要。"

她走到他身边，仰头看天："这雨要什么时候下完？"

"有时一个月，有时半年，也可能明日就放晴。"他看着她的侧脸，"你都不问问他的情况？"

"你是说我的丈夫？你能把他怎么样？你要的东西在我的手上。你不善待他，对你没有好处。"

"状况正是如此。"他点点头，"受伤之后，你看上去明白了许多东西。"

"学习而已。"她唇角含笑。她此刻镇定而美丽，黑头发轻轻飘动，抚到他鼻尖上，他觉得细细地发痒。

小山伸出手去，她的发丝在他手指间滑过去了。

佳宁说："我饿了。"她身体向前倾，靠在栏杆上，"你欠我人情的，记不记得？那时在北京，我穿过整个城市陪你吃了一碗牛肉面。我现在想吃牛肉面。"

"这里没有牛肉面，牛肉米粉也是一样美味。"

"走吧，现在就走。"佳宁说。

小山见她恢复生机，心中也轻松起来，立即去拿伞。

黄昏时分，查才城各家小店面都点上了灯笼，纷飞的雨花被染成黄色，透着温暖的气息。

这是个古老小巧的山城。与已经现代化了的江外和保留着大量殖民遗迹的西城不同，查才城满是瓦顶竹墙的旧屋，街道由山间的黑石铺就，年代太久了，石棱被雨水和草鞋磨得圆润，佳宁脚下一滑，小山扶住她的胳膊。

她"嗯"的一声，小山说："伤口疼了？"

佳宁说："没事儿。"

"吃完饭了，回去吧。"

"去前面那个庙看看，我想去上一炷香。"

"你怎么也信佛？"小山看她。

"从前不信，所以遭到惩罚了。"

庙是小庙，可是修建得精致华丽，供奉着释迦牟尼，着金装琉璃。查才将军笃信佛教，这座庙就是由他修建的。

此时没有香客，只有穿袈裟的老僧在佛堂里敲击木鱼。

小山不入佛堂，只在外面等她，佳宁上了香，三拜九叩，面目虔诚。

从寺庙出来，徒步回去，他们一直没有说话。

直穿过街道，宅子的场院、中庭，到了佳宁的房间前面。

小山终于问道："刚才跟佛祖求什么？"

"求相对论得正果，能够实际操作。"

"嗯？"

"能量和速度转化得当，时间倒退，我回到几个月前。"

"回到还不认识我的时候？"

"不，认识了你。只不过，重新来过。"

他在月下看她美丽生动的脸，有那么久，说不出话来。

他伸开手臂，几乎就要拥抱她了，却只是为她把门打开："睡吧，好好休息。"

　　她自后面看他离开。颀长的背影，穿着长衫，袍袖当风，脚步轻快无声。那样漂亮的一个人，每个角度看都精彩。佳宁微笑，自己不就是这样被迷了心窍吗？好在一切都有规则，有规则就可以研究记忆应用。

　　教学相长，多难得的学生。

第十八章

博弈

　　她撩开衣角对着镜子看拆了线的伤处，一道细的伤口，深红色，在她腰部的肌肤上提醒着一些事情：嵌在身体里的刀，寒冷，周小山，他寻找来的草药……她自己摸一摸，还疼呢，这块疤恐怕会这样留下。

　　"不会有疤。"小山在她的身后说，"连这个夏天都不用过去，那里就会恢复得跟从前一样。"他手里拿着装着药汁的小碗坐在她后面的椅子上，"每天涂上就好。"

　　"又是什么？"她转过身来问。

　　"乡下人的东西。"他放在她面前让她闻一闻，佳宁有点紧张，本来皱紧了鼻子，却发现这药散发着清香。

"很有效。"小山说，"你不是爱美吗？还嫌弃这个？"

"我自己来。"

"我来，你站好就可以。"

她面向他站着，微微垂头看着他用毛笔一样的刷子轻轻地把药汁覆在她的伤口上，一层一层地涂抹，仔细而耐心，描绘工笔画一般。

她嗅到他的气味，她此时终于明白了为什么在北京的时候总觉得他有植物的气息，他是这里的孩子，那清凉的气味从每一个毛孔里逸出，他的血会不会也是绿色的呢？

她俯视着他的脖子，他那样白的皮肤，青蓝色的血管，佳宁恍惚地想，刀子劈上去是什么感觉？这种妄想在她睡着的时候也没有停止过，何时成行？渴望撩拨得心发痒。她伸出手去，轻轻地放在他的脖子上。

自重逢后，除了情况危急，迫不得已，他们极少有身体上的接触。如今她的手就这样覆上来，周小山的手停顿住。

他抬头看着她，这种角度似曾相识。

那时她要走了，他搂住她的腰，摇头说："不行，不行。"

皮肤感应与记忆的能力都超过大脑，暗潮自外而内地在他的身体里翻涌。

她的手柔软地滑动，继续抚摸他的耳朵、头发，一动一簇火焰，他想要她住手，又希望时间就此停住，这样昏昏然不能自已，只见她的唇越来越近，卷着那梦寐以求的香气。

几乎就要吻到了，天空忽然在这个时候放晴，一缕阳光照进来，小山花了眼睛："我跟你说过的，这雨有时候会下个半年，有时候就突然放晴。"

他站起来走到门边上，看见天幕上薄云变淡，被阳光渐渐驱散："晴天好。普洱喝了雨水，在艳阳天发芽。"

"你说过，你的妈妈制作茶叶。"她在他后面说。

"是的。"他说，"从前，她是的。"

这个国家有绵长的海岸线，盛产骨骼娇小、皮肤细腻的美丽女子。他的母亲便是这样。小山没有对父亲的印象，从小到大跟母亲相依为命。她勤劳而务实，孤身一个人操持所有的家事农活，跟村庄里的男人抢配给的种子和茶苗，从山下抬水浇灌茶园，每日数趟，脚步轻快。她采下漂亮的野花戴在头上、耳畔，她的歌儿唱得好，爱抽烟，抽自己的水烟，后来用茶叶换了有过滤嘴的洋烟来抽，他的脑海里总有她的那个样子：一天的劳作之后，她坐在门槛上，点上一支烟，深深吸一口，然后拉着头，目光不知道停留在哪里，她额头高，鼻子翘，薄薄的嘴唇，嵌在橘色的夕阳上，是那样精致的剪影。

她说："你别以为我不知道，你快变成个野小子了。"

小山在吃她做的酸笋，不说话。

她笑笑："这样也好，小子就应该这样，免得以后被欺负。"

后来他救了查才将军，被他带走要离开自己的家乡，将军让随员留了钱给他的母亲。她理也没理，戴上斗笠，挑着扁担

就上山干活儿去了，像根本没有什么大不了的事情发生一样。

直到上了国际中学，他没有再见过她。

香兰在那之后变得不太一样，更不用功学习，小山上课的时候侧头看看对面教室的她，就见她在睡觉。

校纪十分严明，不会因为谁是谁的孩子就放松标准。

查香兰和阮文昭有一天被罚在烈日之下站立两个钟头，理由是夜晚出行，没有请假。

小山在图书馆的露台上看着他们两个人罚站，香兰抬起头来对正他的目光，眼里有一种轻蔑。

这两个肆无忌惮的少年人并没有就此接受教训，他们又偷跑出去玩。这天翻过院墙跳出学校的时候，阮文昭脚一着地就后背中招被人放倒了，头发被从后面抓住，额头被用力地撞在地上，一下又一下。

阮文昭不肯就范，咬牙说：“好，别让我知道你是谁，否则你会死得很难看。”

小山手腕一转，把他的头掰过来面对自己：“你看好了？知道我是谁了？”

阮文昭还要挣扎，香兰从后面上来用力地拉小山的胳膊：“你干什么？你干什么？”

他根本不为所动，还是一只手抓着阮文昭的头，声音冷漠：“将军说让我看好你。”

她用尽了力气要把他的手指一个个地掰开，愤怒地狂乱地喊叫：“你算什么人，你凭什么管？”

他另一手抓住她的手腕子，挥开一甩，看她的眼睛："回学校去，马上。"

她俯下身一口咬住他的手，牙齿真的用力，发了狠要咬到他的骨头里去，什么东西那么咸——他的鲜血，还有自己的眼泪。

他一动没动，与之僵持，直到她自己抽噎着松开了嘴巴，她混乱地看着他，没有力气，不能反应。

"回学校去。"他说。

她抹眼泪，知道斗争不过，低下声音哀求他："好，我回去。这跟他没关，别打他了。"

小山闻言即放了阮文昭，殴打此人，本来就意义不大。

阮文昭已经晕头转向，伏在地上，半天没动，听着那两个人的脚步声渐行渐远。

洗澡的时候，小山虎口上被香兰咬到的伤口刺痛。他自己看一看，两个小的窟窿，像狐狸咬过的伤：她是真的愤怒了，真的用了力气。

好在香兰规矩了一些，可是上课的时候发呆，还是答不出问题。

阮文昭的报复来了。

小山两次被几个男生围住，第一次在操场的角落，为首的还未出招，他的脚就踹在他的胖脸上，那人后来被同伴架走去镶牙，小山力道拿捏得实在准确，否则定要他颌骨碎裂；第二次在卫生间，他们看准了他小解，从后面袭上来，小山把他们

的头踩在便池里，然后去浴室洗澡。他很爱干净的。

这种争斗如何描述呢？

让骑驴的人和职业骑师赛马？差距太大，实在不值一提。

后来在北京也是如此，为难秦斌的地方流氓遇上的是六年之后的职业掮客周小山。

他们自己的造化。

他回了房间，香兰坐在窗前，知道他进来了也没有回头。

他觉得不应该这样，可是不知道说什么，把床头的书籍整理了一遍又一遍。

香兰终于开口，却还是背对着他："爸爸为什么要让我跟你一起去南美呢？不，他为什么要让我从英国回来呢？我不应该认识你的，周小山。"

他喉咙里发紧，说不出话来。

"我后悔，小山。我真后悔啊。"香兰拄着自己的头，"怎么我喜欢上了你？"

他从后面看着她，细小柔弱的肩头，黑亮的头发，颈子微微垂着，那么落寞的样子。他想要伸手抚摸，她却站起来："你学习吧，我不打扰你了。"

香兰回头，美丽的脸，很平静，笑一笑："我跟阮文昭正式交往了，请你以后不要打扰。你是我爸爸的人，所以更应该懂规矩。"然后她轻轻巧巧地离开他的房间。

他坐在那里半天没有动。

事故发生的这一天，没有任何的预兆。

周末的夜晚，高年级的学生们可以请假出行，可是小山自己在篮球场打球。他之前在餐厅遇到香兰的朋友，她们向他微笑，但香兰不在中间。

他今日出手没有准星，篮球总是碰一下筐就"叭"地跳走。

忽然有个声音自远处传来，模模糊糊的，与篮球击打地面的声音混杂在一起。

周小山停住手，在下一秒钟向声音的来源奔去。

空荡荡的男生宿舍，阮文昭的房间，灯未开，门虚掩着。

小山推门进去，月光下，阮文昭中弹倒在那里，鲜血流淌至门口，香兰衣衫不整，蜷缩在墙角，看见是他，颤抖着伸手："小山，小山……"

她的身边，是那柄银色的小手枪，英国制造，是查才将军给他的武器。

他此时第一次因为粗心大意恨死了自己，懊恼地皱眉，咬着牙齿。

她何时偷了那把枪？他居然一直都没有发现。

他伸手握住她的手，安慰她："没关系，香兰，没有关系，发生了什么事儿？"同时拿出自己的手帕，迅速仔细地擦拭那枪上香兰留下的指纹。

"我偷了你的枪……我们喝了一点酒……"恐慌之中，她语无伦次，"他想要碰我……"

他赫然抬头："他做了什么？"

"没有，什么也没做，因为我把他打伤了。"她痛哭流涕，"小山，小山，"她抓他的衣角，"我是不是杀了他了？我是不是杀了他了？"

"他没有死。"小山看了阮文昭一眼，拿出电话呼叫医生。

然后他自己手里拿着那柄枪，按着她的肩膀，看着她的眼睛，声音像铁一样："而你，你什么都没有做，香兰，不是你，是我。"

她惊愕地看着他。

医生和法警同时赶到，昏迷的阮文昭被抬出去的同时，小山伸手将枪递给警察："我就是用这把枪伤了阮文昭。"

虽然是少年的纠纷，但是当事人都有显赫的背景，又几乎造成人命，事关重大。小山被警方拘留，第二天，查才将军亲自来看他。

小山被带出来，与将军隔着桌子，面对面坐着。

"究竟发生了什么事儿？"

"他想要非礼香兰，我一直尾随，然后开了枪。"

"实话。"

"……就是这样。"

"小山，你要制服他，根本不用枪。"将军说。

小山的脸上一丝表情都没有，平静地看着将军："好在他们不知道。"

"这是为了香兰？"将军说。

"……"

"那男孩还好，可你的惩罚不会简单。"

"没有关系。"

"小山，这件事情我会记得。"将军准备走了，起来跟他握手。小山从小自心里感激将军就是因为他从来没有把他当作小孩子来看待。

阮家动用了力量，周小山不得保释，好在醒来的阮文昭什么情况都不说，警方暂且将小山的口述既定为案件的实际情形。

小山要受藤鞭刑六下。已经是非常轻微的惩罚了。名义上这是少年法庭法官的判决，而实际上，却是查阮两家交涉的结果。

受刑当日，周小山被带到一个宽大的房间，这房间举架极高，雪白墙壁的最高处大窗敞开，通风很好。正是炎热的季节，可是行刑室非常凉爽。法官和狱医坐在窗下观刑。

房间的正中央是一个高1.1米，宽15厘米的扁台，包裹着柔软的皮子。

戴着黑色面具的强壮行刑手从房间的另一面进来，在浸泡着藤鞭的水桶旁边站定。

黑色的藤鞭，鞭长3米，由27根藤条合成9股，再攒制而成，顶端是蛇头形状，蛇嘴处绑着两磅的加重球，这样一方面加重了刑罚，另一方面让行刑手更容易把握方向。鞭子浸泡在冷水中，越发柔韧结实，黑的颜色仿佛也加深了，暗暗狰狞。

　　小山所有的衣服都被脱下，法官验明正身，狱医检查了他的身上没有其他伤口，然后用皮具护住下体，让他俯身90度角趴在房间中央的扁台上，胳膊被绑住固定。这个姿势，臀部抬高，受刑的部位彻底暴露出来。

　　法官摇了铃铛。

　　"周小山！"行刑手高喊。

　　"是。"小山回答。

　　行刑手助跑三步，强壮的臂膀抡满至半空，黑藤鞭在风中滑过半圆，准确而凶狠地抽在他的臀部，"叭"的一声。

　　他浑身的器官在那一瞬间仿佛都不存在了，所有的感觉停留在受刑的一部分肌体上，血液被皮鞭驱散，突然又奔涌回来，痛苦之中叫嚣着要从皮肉之间迸射出去。

　　可他只是皱了皱眉头。

　　紧接着又是两鞭抽在不同的部位上。

　　小山的头垂下去，又迅速抬起来，挣扎着向前。他颈上、脸上的筋脉都迸出来，汗水流下，滴在水泥地面上。

　　剩下三鞭，行刑手换了方式，不用助跑，而是在原地绕身半圈积蓄力量，每两下之间间隔两秒钟，都精确蛮横地抽在他的身体上。他皮开肉绽。

　　在强忍的剧痛之中，小山的思想离开了这里。

　　小小的时候，他用弹弓打鸟，不小心弄死了邻居的鱼鹰，阿妈拿着掸子追着他打，他咯咯笑着跑在山岭上，可是阿妈出手也那么敏捷，他的屁股屡屡中招，也疼，但是心里觉得有趣

好玩，笑得那么快活。

他这时笑了一下。

鞭刑结束，法官对狱医说："没见过这样的孩子……"

对啊，他还是个孩子，16岁，纵使性格坚硬，一身本领，可仍是个孩子，身上有伤的时候，想起母亲，又咸又涩的泪水在心里流淌。

将军把他接回家中，低声问小山："你想要什么东西，想要做什么？"

他俯身躺在床上，抬头看将军，恳求道："我想回家看看我阿妈。"

然后他又睡了，迷迷糊糊的时候，感到人在车上，车在颠簸的山路上行驶。他嗅到熟悉的香气，抬头看看，是香兰，她握着他的手流眼泪："我们回你家，好不好？小山，去见你的妈妈。"

阿妈见到受伤的他，见到香兰，并没有什么惊讶，让小山趴在原来的竹席上，然后煮了粗茶淡饭给他们。

司机和随从把将军的礼物给她，阿妈说："用不上这些东西。"

香兰说："我帮您炒茶叶吧。"

阿妈把炒锅让给她，自己去后院喂鸡。

小山在自己家的竹席上睡着了。

夜里醒来，觉得臀部受伤的位置上清清凉凉的，回头一看，阿妈在为他上药，用小刷子，一层一层，仔细地涂抹。她

看见他醒了便说道："不会留下疤痕，一个夏天就好。"

他说："嗯。"

阿妈说："有乡亲从印度又带来茶种，我种了三年，种不活。"

"……"

"水土的问题，那不是我们这里的茶种。"

"……"

"那漂亮的姑娘，我不认识，不喜欢……"

他打断她："阿妈……"

"嗯？"

"我明白的，那不是我的女孩。"

……

佳宁看着他把手提电脑拿进来，就知道要做什么了。

两人都没有说话，她打开电脑，迅速地将A材料的配方和冶炼方法输入，用英文解释，每一步都详尽准确。

两个小时之后，输入完毕，按键保存。

小山收起电脑说："谢谢。"

佳宁笑了一下："然后呢，你该放我走了。"

小山说："恐怕需要再等一等。"

她点头："我明白。资料传输给对方，马上开炉冶炼，检验真伪，对不对？"

"没错。"

"要多久？给我一个底线，你知道的，我是急性子。"

"一个月。"

"能不能先放秦斌走？反正我留在这里。"

他看着她："不能，因为你太不在乎你自己。"

"好，周小山，你做得好。"她认命地点点头，转过身去，背向他走了几步。

"喝点普洱。少安毋躁。"周小山说。

佳宁拿起茶杯，嗅一嗅这清冽甜香的茶："我早跟你说过，我，不，喜，欢，喝。"她扬手就把茶杯用力扔向对面的镜子，四分五裂，声音清脆。

他在自己的房间里练习组枪，一挺M24美式轻机枪，可拆卸部件15枚，从全部散开到组装完毕，用时32秒。他抬起装好的机枪，对正准星，瞄准门上的把手，轻扣扳机。门"吱呀"一声忽然开了，佳宁出现在门口。

他把枪慢慢放在桌上，看着她。

"有子弹吗？"佳宁过去看。

"没有。"

"从前我是射击俱乐部的会员，我枪法不错的。"

她把那柄枪拿起来，极重，勉强抬起胳膊，向外瞄准。

"不是这样的，你这样瞄不准。"小山说。

"我不信。"

这自以为是的女人。他无奈，手臂舒展，自佳宁身后绕过来把住她的胳膊，头在她脸侧："你看，大臂要放松，小臂用力，像这样……"

机枪一侧的两人是环抱的姿态，彼此的呼吸都感觉得到，还有枪口的硝油味，那么野蛮生猛。

空气突然凝固住。

不知哪件事情先发生，是他握住她扣着扳机的手指，还是她忽然吻他的唇。

她碰了他一下就离开了，仰头，挑衅地看着他。

他觉得这么生气。她在干什么？

小山一把把枪夺过来，"啪"地放在桌上，同时一只手扣住了她的头和颈子，拉向自己，居高临下地要把这个女人看个仔细。

她不该吻他，吻了就不该离开。

下一秒钟，周小山的唇带着怒气、不耐、愤怒和压抑已久的情感恶狠狠地压在她的唇上。

唇舌交缠，不能呼吸，他们野兽一样地厮打，身上的衣物被撕裂，摔倒在床上。她欺上来，没有足够的力气，就用身体压住他的身体，手指缠在他精短的头发里，吻他，狠狠地咬他，要他疼，要他服从。

小山要抓住她的手腕，可这个时候，因为面对的是她，动作如此地迟钝，每每错过，捕捉不到。

可是长久以来，职业的习惯让他敏感而耐心，另一个声音在耳畔告诉自己要镇定下来。

他说："佳宁，佳宁……"

小山终于抓住她的手。

　　她要脱离出来，被他捏住："佳宁，佳宁……"

　　她混乱地看着他，黑的发丝贴在脸上，目光狂野而迷离，嘴唇红得仿佛要滴出血来："怎么，周小山？你不想要吗？"

　　"我想要，"他把她拉近，身体严丝合缝，脸对着脸，胸腔对着胸腔，腹部对着腹部，贪婪而急切地感受着她的柔软和温度，"我当然想要，从我见到你开始。"

　　她身体就范，不能活动，只是定定看着他，灵魂与灵魂在争斗。

　　"但不是现在，"他眉头微蹙，浅浅地亲吻她倔强的唇，平复情欲，"现在我们的心里都有杂念，你眼前不是我。我不喜欢这样。"

　　他慢慢地说话，仿佛有魔力，按捺下她不由衷的激情和恼怒。

　　她被他柔软地抱住，她想要推开他，却发现根本没有力气。

第十九章

险地

接下来的几天，佳宁一直没有见到周小山。

时间就此停止，改变的只有她肋下的伤口，迅速地愈合，像他说的一样，有一天真的会了无痕迹。她想起他的身体，一丝伤痕都没有。

每天有用人料理她的衣食。她们都不会说汉语。

她有的时候出门逛逛，有的时候看电视——当然她听不懂，但是画面里总有女人在哭，或者跪着拽住男人的腿，应该是在重复：你不要走，你不要走。

阴沉的天气里，她在中庭的榕树下睡着，梦见秦斌，杳杳然在她前面，触不到。梦里也知道挣扎无用，她远远地对他

说，再等一等，等我救你出来。佳宁醒过来，身上都是汗水。

有人的影子在树上一闪而过，她没有惊慌。

这座房子里还有另外一个人。

那天她在榕树下的井边打水上来洗脸，被人从后面蛮横地把头摁到水盆里，她的手抓住盆边，她不能呼吸，但是很安静，没有挣扎。足足过了一分钟，力道松开，佳宁抬头起来，看后面，正是那个跟随周小山的女孩，她瞪着佳宁，恼羞成怒。

"你不如多闷我一会儿。"佳宁说，边用毛巾擦脸，直视着她的目光，"这样一点意义都没有。我上大学的时候，是学校游泳队的，闭气这么一分钟，算什么？"

"我想杀了你，随时都可以……"

"但是你不敢。"她打断她，"直到现在为止，我还是有很大用处的。"

"你说那个什么破材料？我才不在乎呢。"

"你倒是不在乎那个破材料，可是，"佳宁站起来，走过她，"你很在乎他，对不对？"她笑了，"可他现在不想杀我，所以你也不敢。这可真遗憾。"

女孩从牙缝里恨恨地说："你没有几天了，你的男人也没有几天了。"

要离开的佳宁心下一惊，她等这个人说这句话已经好久了。

她折回脚步，站到她面前，嘴角含笑，目光却冷若寒冰：

"你去过那里吗？"她伸开手臂，手指着周小山的房间。

"……"

"你抚摸过他的枕头吗？"

"……"

"你见过他的身体吗？"

女孩瞪着她，像是刚想要张口反驳，佳宁打断她："你可能都做过，只是在他不知道的时候，对不对？你背地里进他的房间，嗅他的味道，你偷偷地看他。"佳宁的那抹笑还噙在可恶的唇角，她紧紧盯着这个被嫉妒折磨的年轻姑娘，"你可……真没出息。"

女孩愤怒的眼睛仿佛要喷出火来，一个巴掌就要挥在她的脸上，佳宁早有准备，伸手格住："你把我伤到一点，我都要留给他看。你猜他会怎么做？"

"婊子。"

她终于笑出声来："你还小，你还不会骂人呢。你知道什么叫'婊子'？你等我把他彻底弄到手了，再这么说也不迟。"

她快步回到自己的房间，提了浸过她鲜血的劈刀，穿过厅堂，走到后面的花园，那里有成堆的椰子，周小山早就准备在那里。佳宁踢过来一个大的椰子，看准上面浅色的纹路，像看准了周小山的血管，抡圆了劈刀，奋力挥下，坚硬的壳破裂，汁水飞溅出来，她提起来仰头痛饮。

一个人是好是坏，是善是恶，对这个姑娘来说没有意义，端看他是不是周小山的敌人；一个东西是价值连城还是赝品垃圾，对她来说也不重要，只要看那是不是周小山想要的。

她从流浪的肮脏小孩被他调教成身手矫健的助手，他关心她的衣食冷暖，牵挂她的伤痛安危，她对他从来不肯悖逆。

只是碰到这个女人。

第一次，她那样憎恨他想要的东西。

可又不能出手毁了她，这样恨得牙痒痒，心痒痒。

得除掉她，在他回来之前，否则更没有机会。

莫莉把一张纸展开放在她的面前："看看，你男人的字，你还认不认识？"

三个汉字：裘佳宁。

她慢慢地拿过来，辨认上面的字迹。说是辨认，其实也只需一眼而已。

他知道她来了，所以写得那样混乱，想要她认为这是别人伪造的，想要她权且先顾及自己的安全。他到这个时候仍要保住她。可是，秦斌啊秦斌，如果不能把你救出来，那么我的存在与否还有什么意义？

裘佳宁的心里如波涛翻涌，手指狠狠握着那张纸片，像是要把它生生嵌到骨头里去。再抬起头，面对莫莉，却是一脸的平静和冷漠："干什么？"

"放你走。"

"你恐怕没这个权力。"

"我当然有。我也能放了他，你们两个一起走。"她坐在

她面前，这让她想起第一次见到她，在周小山华大的宿舍里，她也是这样叠着腿挑衅地看着她。

"也许我想跟周小山说再见。"佳宁还在试探。

"别浪费时间了，这对我们都有好处，你想救出你的男人，我想要你尽快从这里滚蛋。"女孩说着从衣兜里拿出两张机票，在她的面前晃一晃，"我已经派人把他送到西城，顺利的话，你们可能后天就回了北京。"她看着佳宁，"之后再想起来，只是场梦。"

佳宁没有说话，踌躇着是否要踏出这一步。

莫莉说："要走尽快，我开车送你。"

她不能选择，从看到了秦斌的字迹开始，她已经不能选择。

佳宁拿起自己来时的小包，最后看一眼，将那把劈刀也随身带上。

从西城来到查才城的路上，是小山载着她，当时两人剑拔弩张，以至于发生事故，她受了伤。这条路那么漫长，回忆里满是疼痛和仇恨，还有血，还有她昏迷之中，耳畔他狠狠的警告："……你要是死了，我就把他杀了，让你们两个去阴间见鬼，我说了算……"

这个恶人。

在山岭上可以看到昏黄色缓慢流淌的湄公河，下了山，便是西城，秦斌在那里等她。他们可以一起坐上轮渡，一起坐上火车，一起坐上飞机，一起回家。佳宁暗暗地想，她再不要惹他，再不跟他斗嘴，给他做鱼吃。

只要他好好的。

……

两个女人一直都没有说话。车子本来在盘山公路上平稳地行驶，莫莉突然停下来，刹车的声音在空旷的山岭里格外刺耳。

莫莉没有看她，自顾自地从腰间拿出手枪，从容地上膛，下一秒钟，银色的枪口顶在佳宁的太阳穴上。

佳宁没动。

"怎么都不求一声？不信我杀了你？"

"你要杀我，求也没有用。"

她最恨她这故作镇定的模样，莫莉反手一个耳光打在她的脸上，终于得偿所愿。

佳宁的嘴里有厚重的血腥味。

她被她拽着头发拉下车，拎到公路上，力量蛮横。

莫莉说："看，看见塔顶没有？"

红色的尖形塔楼远远隐在山岭绿树之间。

莫莉说："我已经送你很远了，马上就到西城了，那就是西城的天主教堂。你从这条道下去，穿过树林就到了。"

佳宁向上挣扎着要扒开她的手。

莫莉说："能不能活命，看你自己的造化。但是我是守信用的，你的男人就在下面等你。"

她松开她的头发，把她推向黑魆魆的树林，佳宁不敢向

前，莫莉开枪打在她的脚边，把她一步一步地逼向里面，直到看不见她的身影。

她收好枪，看了一眼车子的仪表盘，汽油刚好用完。她拔下车钥匙，扔到远处，扎好了裤脚，准备徒步跑回查才城。

周小山回来，她怎么说？

反正跟她无关。

裘佳宁自己偷了车子跑出来，可是中途没有了汽油，她徒步抄近道去西城，谁知道，谁知道⋯⋯

莫莉微微笑。

谁知道，这片树林是布置好的雷区。

那个女人会粉身碎骨的。

但这与她无关。

莫莉18岁，是周小山的助手，至今没有独立策划完成过一个任务。但这次将计就计地让裘佳宁送命，让她很有成就感。

她矫健地奔跑上路的时候非常愉快。

只是她忽略了一件事情——

周小山即将回来。

第二十章 唯一

　　莫莉奔跑回查才城，看看手表，1小时43分，成绩不错。她觉得口渴了，回了自己的房间倒水喝，进去了，就看见小山坐在那里，迎面看着她。

　　"你什么时候回来的？"她问。

　　"刚刚。"

　　"你去哪儿了？"他问。

　　他什么都不知道，她在心里跟自己说。

　　"运动。"她回答，给自己倒水，喝了一大口，背对着他。

　　"她在哪儿？"

"谁？"

"……裘佳宁。"

"为什么问我……"莫莉擦擦嘴角。

"她在哪儿？"

"不知道。"

"你的车子呢？"

"……是啊，我的车子呢？"她借故要抽身而退。

他走过来，手搭在她的肩上："以后再做这种事情，要做得利落、周全。不要用自己的车子，不要留证据。"他向她缓缓打开手中被揉皱了的纸片，上面是三个凌乱的汉字"裘佳宁"，"你拿这个把她骗到哪里去了？"

她恼羞成怒地用力甩开他的手，不打算继续费力地说谎："我把她杀了，尸首藏在你找不着的地方。你再杀了我给她偿命吧。"她抬头看着周小山，目光里都是愤怒的火焰。

"你以为我不会？A材料未辨真伪，你坏了我的大事儿。"他抓住她的手腕，几乎要捏碎一般，"足够我杀你两遍。"

"你不要说A材料了，你看着那个女人的时候，眼梢都微微笑。你什么时候也开始说谎了？！"她控制不住自己，对着他吼，"她有什么好？她就是我们运来运去的东西而已，跟从前的买卖没有任何不同！你为了她变成什么样子？我就是要杀了她，我就是要除掉她……"

周小山手臂一扬，莫莉被推在墙上，她的身体剧烈地疼痛，他上前几步，继而伸手抓住她的头，拉她起来，咬牙切齿

的还是那几个字："她在哪儿？"

他从来不会这样凶狠地对待她。

对待从前笨拙的莫莉，蛮横的莫莉，他从来都循循教导，耐心地说话。

他给她做她喜欢的春卷和牛肉粉。

他此时被愤怒扭曲了脸孔。

他要她死？

都是为了那个女人。

她在他的掌握中笑起来，仰着头愤恨地说："我告诉你也不要紧，她肯定已经被炸死了，不过不是我干的。她要去救她的男人，要穿过那片树林——就是你亲自安排设置的雷区，她肯定已经死了。轰！"她的手指突地弹开，"粉身碎骨，四分五裂。"

他闻言即走，甩开她，头也不回。

"她已经死了！"她在他身后喊道，"被你杀死，但为了她自己的男人！"

莫莉看着他离开，以为自己做了这么漂亮的安排会笑出声来，谁知眼泪夺眶而出，模糊了眼前的一切，她看不到他的背影了。

她瘫坐在地上，痛哭流涕。

周小山飞车疾驰，山路几转，终于找到那停在路边的车子，山下便是西城教堂，隐在墨绿的丛林中。

他太熟悉这片树林了，从前与另一部分跟将军对立的武装

力量交战的时候，为了保护上面的查才城，这里方圆5公里都被他亲自安排布满了雷。战乱之后，这里一直是禁区，人畜不近的地方。如果裴佳宁……

小山闭上眼睛，无论是死还是离开，她都休想！

小山脱下上衣，扎紧裤脚，缓缓进入丛林。

他四肢着地，山兽一样迅速地向前爬行。这样一方面眼睛更贴近地面，有利于发现地雷，另一方面，压低身体，分解身上的重量，而且不会刮碰到吊在树上的雷。

没有硝烟的味道，说明尚且没有雷被引爆。

这片树林如此地静谧，连鸟的声音都没有，可是谁知道，只要有一点疏忽，就会引爆致命的炸弹。那个响声，是他如此熟悉的，震耳欲聋，毁灭一切的响声。

一阵风吹来，小山停下，向上看，树的枯枝上悬着一枚黑色的梭形的雷，被透明的化纤细线牵引着，在山风中轻轻地荡，此时即使一只鸟落下来也可以引爆这灵敏的炸弹。

周小山耐心地等待。

山风过去，树雷渐渐稳定。

空气中有短暂的凝滞，小山尚未动身，听见呼吸声。

他缓缓回头，终于看见裴佳宁正在离他大约5米远的丛林里，直立站着，不敢动弹。她也看见了他，那一刹那她苍白的脸上有复杂的表情，眉微蹙，眼蒙眬，嫣红的唇张开着，因为到底没有成功地逃离而沮丧，还是因为又见到周小山而庆幸？

小山没有急于过去，向她身体的四周看了看，一条黑色的

蛇盘在她旁边的树丫上，三角形的脑袋正向着她缓慢地探去。

小山摇摇手指示意她不要动，自己看好了四处无雷，轻巧地绕过树枝藤蔓，直到她的面前。

佳宁屏住呼吸，因为她的面前，离得更近的是咝咝吐着芯子的毒蛇。

它也在观察着眼前这个猎物，那是个温暖的东西，舌尖传来的信息告诉它：她香而且柔软。不一样啊，不一样。它向后弓起颈子，舒展身体，要尽情地品尝了，就在要向前弹去的那一刹那突然被两根铁钳一样的手指准确地按住了要害的七寸。毒蛇顿时骨肉酸软，再没力气，缓缓垂下身体，任其宰割。

说时迟那时快，周小山手臂张开，将擒住的毒蛇向远处扔去，同一秒钟，裴佳宁被他牢牢地扣在怀里。

顾不得太多。

怨恨，委曲，欺骗，周旋，还是这里密布的地雷、游走的毒蛇，都比不上他能够这样抱得着她，吻得到她，来得更加真切。他用嘴唇，用手指，用皮肤感受她，确定她，她在这里，好好的，没有走，没有死掉。

呼吸都要被掏空了。

她挣扎着离开他的唇，额头抵在他的鼻尖上，混乱地要平复自己的喘息，断断续续地说："小山，小山……"

他的手埋在她浓密的头发里，抬起她的头，让她面对自己："你知道这是什么地方？你死了怎么办？你死了，我怎么办……"

　　她的泪难以抑制地流出，不能回答，只是看着天兵一样来救她的周小山，用手抚摸他的脸："小山，小山……"

　　他背她在背上，把她的头压低在自己的耳朵边："不能抬头，知不知道？什么都不能碰到。这里到处都是我布的雷，你不听话的话，我们就一起死在这儿，喂毒蛇。"

　　她此时像个孩子一样地乖，软软地趴在他的背上，手攀在他结实的肩头上。

　　小山沿原路返回，在丛林里走得轻快而稳健。佳宁一身疲惫，渐渐要睡着了，看着他形态美好的头，黑色的精短的头发，白净的耳朵和脖颈，她凑上去就在他耳珠边低声地说："当我的奴隶吧，当我的昆仑奴。我们这么走下去，永远不停。"

　　他心中震动，脚步慢下来，侧头看她，佳宁闭上了眼睛。

　　回到查才城，他把佳宁抱回房间。

　　用人准备好了水，为她沐浴，小山轻手放下她，离开那里。

　　他在中庭打了冰凉的井水上来冲洗自己汗湿的身体，水舀在头上扬下，眼前变成瀑布，模糊了视野。

　　莫莉在他的前面站定。

　　她的枪对着他的头。

　　他放下水舀，贴着她的枪口站起来。

　　他们看着彼此，一样地面无表情。

　　"为什么？"她哽咽着说，"她才是后来的。"

158

他向她摇头："没有先后，只有她一个。"

枪口还是对着他，可是她的手在发抖，心中波澜起伏，不愿相信，不能不信。

"你要杀了我，我也是一样这么说。"他俊美的脸孔还是那么平静，头发和身上湿漉漉的，水珠在夕阳下闪闪发光，神一样的周小山。

她泪流满面，扑上去抱住他："她是后来的。"

他拍拍她的背："莫莉，要是我有一个妹妹，我希望她跟你一样。"

安慰又这样疏远。

莫莉突然直起身，将枪对准了自己的太阳穴，绝望地坚定地看着他："我做错了事情，我愿受罚。"

她以为这样一了百了，谁知开枪的那一刹那，周小山的动作还要更快，如闪电一样地抬手别住她扣动扳机的食指，指动腕转，子弹匣"啪"的一声被卸下。

莫莉枪一离手，那一侧的脸孔被小山打了一个重重的耳光。

小山收起她的枪，声音像铁一样："我给你第一支枪的时候就告诉过你，永远不可以指着自己的头。你这样才要受罚。两个星期不许碰枪。"

他从来没有打过她。

她混乱的思维被震慑住，难以置信地看着他离开，嘴角有鲜血流出来。

佳宁醒过来的时候，月亮刚刚上来。

她从床上起来，抬头看看，满月，微微发红，为什么这里的月亮是这样的颜色呢？谁的血？

轻微的呼吸，她熟悉的植物的味道。

佳宁回头，周小山正从房间的黑暗之中慢慢走来。

第二十一章

缠绕

　　他在月光下向她走来。

　　这个时候，没有声音。

　　他的手指拨开她"奥黛"上的盘扣，触及她的肌肤，那里便是一阵战栗，渗出细密的汗珠。她想要阻止，双手按在他的小臂上了，却忽然失去了力气。

　　箬席在夜里微凉，他在月光下褪尽他们的衣衫的时候，她转身背对他。小山没有强迫，从后面吻她，一小点一小点地亲吻，一小点一小点地要她忘记自己，要她燃烧自己。

　　她一只手扶在他的脸上，另一只手按在他肩头，发热的掌心帮助她去体会周小山，他的柔软和坚硬，他的细腻和粗糙，

他的温柔和野蛮，他给她的疼痛和快感。

他们是藤蔓缠绕的绿树，筋骨交织在一起，汁液相融。

许久，她听见他重重的一声喘息，睁开眼，只见他的额头流下汗水，落在黑黑的密实的睫毛上，他的眼睛雾气弥漫。她探起身去吻他，谁知周小山扯过她的肩膀便咬上去，他带着恨，用了力气，对她毫无怜惜，好像要把一直以来所有的不耐一下子宣泄掉。她没有躲闪，也无处可逃，手插在他的头发里，生生地要受他这一口。她疼痛极了，以为要流血了，谁知他松开了嘴巴，头就贴在她肩膀的位置上，蹙着眉头，恨恨地看着她。

她也侧头看他，那个样子的周小山，月光下的白净的英俊的脸，那受了委屈终于能够报复却还未尽兴的表情，孩子一样。他真的有22岁吗？

她的手从他的头发里滑下来到他的脸颊上，扬手就是一个清脆的耳光："还咬人？畜生。"

卧室的后面紧连着浴室。佳宁站在巨大的盆子里，周小山用海绵吸了温水为她冲洗。他看着自己手下的水流在她光滑的皮肤上汇成小股，淙淙流下。

她的肋下还有一点点的疤痕，他贴近那里亲吻。

她拥抱他的头。

"你认识雷吗？"

"……不。"

"那我去之前，你怎么知道在那片林子里不能动？"

"……除了那条蛇，那里连个走兽都没有。再说，她怎么会轻易放过我？"

"……"

"她想我死，可是没那么容易。"

"是你给她机会。"

"我要救我丈夫。"佳宁良久方说，语气坚定。

小山自下面看看她："买家那边一来了消息，我肯定会放你们回去，我说了算的。你为什么那么着急？你给我的配方是假的吗？"

"真的。"

"那就请多一点耐心，你这样，差一点就送了命。

"你不愿意跟我多待一会儿吗？我要得多吗？

"你想谁都叮以，你的心在哪里都可以，可我只要你多跟我待上一会儿。

"我要得多吗？"

他走进她的浴盆，就在她的身边双膝跪地，双手环抱住她的身体和双腿，脸贴在她的小腹上。

她自上面看着他想，这个沉默寡言的人居然也说了这么多的话。

他不要她的心，只要她的身体，只要片刻她的身体。

他会因为她的服从，会因为他们的欢愉而满足吗？

可是她呢？他加诸她身上所有的厄运、阴谋、强迫的情欲和因此带来的改变由谁来赔付？

　　她看看自己，氤氲的水汽中，刚刚为他所绽放的身体遍布红色的吻痕，最痛的一枚在肩头，几乎到了骨头里。还有此刻他的嘴唇旁，她肋下的伤痕，对啊，那也是拜他所赐。

　　短短几个月而已，她再不是从前的自己。眼下的身体，是一具"婊子"的身体。她唇边含笑，心里悲凉，是啊，她还是做成了。

　　她放在他肩头的手用了力气，她要推开他，可是周小山抱得却更紧了，牢牢地把她锁在他的臂膀里，他懊恼地说："怎么又来了？你听得懂我说话没有？你不能乖一点？"

　　她的眼泪流出来，流到唇边，又苦又涩，嘴里喃喃地说："你还要我怎样？你看我都变成什么样子了？"

　　他站起来，看着她，水一样的眼光。

　　他低下头，把她的眼泪一颗一颗地亲吻干净。

　　这一夜，她在他臂弯里睡着，他有时睡着，有时又睁开眼看她，确定她的存在。她睡得那样好，他抑制住自己要吻她的冲动，手指徘徊在她美丽的脸上，他吻她，他总觉得她睡着的时候比醒着的时候要好看。

　　晨曦微露，寺庙的钟声远远传来。

　　朝阳的光穿过镂花的窗安静地投在室内，这会是一个热天。

　　小山的电话振动。

　　他轻轻地拍拍佳宁的肩，劝哄着让她去床的另一侧睡，她翻了个身背对了他，他吻她一下才出了房间。

是查才将军的随员打来的电话。将军结束了公务将在这天晚上回到查才城，香兰小姐将随他一起回来。

他心里一动，收线之前请对方代为问候将军。

他从井里打上来凉水冲洗身体，换了衣服，又回到佳宁的房间。

她还闭着眼，可是已经醒了。

他走过去吻她的额头，直叫她睁开眼睛，那一双眼，黑白分明，太聪明了一些。小山轻声说："我是谁？别叫错了名字。"

佳宁微微一笑："周小山，我是谁？你也别叫错了名字。"

第二十二章 上 慰藉

"你最喜欢些什么？"

"涮羊肉，南加州的水果酒，金属放在强酸的溶液中吱吱的响声，还有，吸烟。"裘佳宁枕在自己的胳膊上，眯着眼睛向外面看，热天，白炽的阳光穿过百叶窗投射进昏暗的房间里。周小山仰面躺着，颈下是她柔软纤细的腰肢，他们赤裸着身体，辗转的曲线，一粒一粒细密的汗珠，树的枝叶和窗棂的影子，是欲望在皮肤上书写的诗篇。

"你呢？"她问。

"水，长苔藓的石头，精致的雷和炸弹……你讨厌什么？"

"你。"她立即回答。

周小山手搭在额头上，喉咙里低低地笑出来："谢谢。"

"你呢？你讨厌什么？"

他想了一会儿方说："烟。"

年纪渐长，小山的手法日益老道，经验丰富。他为查才将军完成多项重大的交易，将军将一笔多过一笔的佣金打在他的账户上。他想要拿去一些给妈妈。

那日他未经允许逃离学校回到家中，傍晚跟阿妈隔了桌上如豆的灯火对着吃饭。小山光脚蹲在地上，将酸笋就着粑粑大口地送到嘴里，他有时抬起头看看阿妈，她把用茶叶的青尖炒的鸡蛋夹到他的碗里。

阿妈收拾了碗筷便习惯性地坐在门槛边吸烟，小山走过去，到她的身边，将用将军给的钱换来的金子放在她的脚边。

阿妈看一看："干什么？"

小山说："给你。"

她拾起来掂一掂："这是多少，你知不知道？"

他摇摇头，虽然年纪轻轻就经手数目巨大的交易，但他对自己手里的数字没有概念。阿妈说："小山你看，这山头的梯田都是阿妈的茶树，自种自收，每年数次。我活着就是在忙碌。可你给我的这块金子能买下这样的100块田地，雇许多的人帮我工作。然后呢？你让阿妈做什么？"

"我想要你过得好……"

"我过得好……"她微笑看着他，"卷烟不吸了，这种带

过滤嘴的，我也买得起。"

暮色四合，渐渐笼罩茶山。阿妈为他铺床，小山站在她的后面说："阿妈，我要回学校去了，明天要见将军。"

她的身体微微停顿，慢慢抬起身体回头看他，她从来美丽的年轻的脸不知自何时起爬上了皱纹，两道深的法令纹陷在唇边，是对生命隐忍的痕迹。她的眼睛还是那样清澈，此时却忧伤。

"这么急……"阿妈喃喃地说。

"嗯。"

她在他要走出门的时候抱他在怀里，在他耳边说："儿子你什么时候退休啊？什么时候回来跟阿妈摘茶叶啊？"

他在她的背上转了个身，从后面看她光滑细腻的脊背，他伸手抚摸她的头发，指尖在她的发丝中缓缓地浮起来。

"你是说，你的妈妈也爱吸烟？"她问。

"嗯。你告诉我，吸进去什么感觉？"

她放平了胳膊，俯下身想一想："刚开始的时候，是挺解乏的。后来主要是习惯了，有一支烟在手上，手就不颤抖了。"

小山有同感，点点头，脸颊摩擦她背上的肌肤："习惯，习惯真是厉害，思考都不用了，按照习惯行事。"

18岁的周小山已经有了好胜的习惯，他乐于接受新的任务。刺探的时机，偷窃的风险，接洽的场合，运输的路线，他精心地策划，仔细地安排布置，没有漏洞。

那是在阿姆斯特丹的国际机场。

他将到手的三枚极品郁金香藏匿在存放普通球茎的木箱里，里面微酸性的黑土壤和锡箔片就算只有薄薄的一层也是最好的屏蔽。顺利通过安检，他眼看着工人将那木箱小心翼翼地架上飞机的货仓，然后按开了腕表的机关，里面绿灯闪烁，方便他监控自己押送的宝物。

小山坐在经济舱的最后一排，要了一杯清水，打开杂志，准备回乡。他碰到了身边女士的胳膊，马上躲开，抬眼看看，那是个金发的孕妇，身体浮肿着，脸庞却分外美丽。这一路，年轻的周小山趁她不注意的时候便总是偷偷看一看，她发现了，向他微微笑了笑，用英语说："到了江外就可以生下他来了。"

小山顺利抵达江外，将珍贵的郁金香献给将军。在将军的书房里，他接过来，脸上却未见高兴。

"小山，你坐下来，我有话跟你说。"

然后将军告诉他阿妈的死讯。

他没有说话，也没有眼泪。

周小山坐起来，坐在床角。

佳宁看一看他，又瞥开目光，回过头来。

可她还是看见了他劲瘦修长的身体，俊美如裁的侧脸，跟脑海里的印象重叠在一起，如此更挥之不去。

他们各自看向一边。

谁的心，停留在哪里？

"我阿妈，她吸烟，引燃了房子，她死了。"

她听了后良久没有说话。

她想起他曾提及自己的母亲，说她自己种植茶树，翻炒茶叶。原来她已经死了。她想，那个妇人生前会是怎样的艳丽？

"她想死吗？她自己？"

"不。"他迅速地看看她，"为什么？"

佳宁摇摇头："我掐熄了烟的时候，总要狠狠地摁在烟缸里，为什么有人吸烟会引起火灾呢？摁灭的动作比点烟还要简单熟练。"

小山低下头："她对自己太不在意。"

"所以，"她披上衣服坐起来，头发一展，披在外面，"你讨厌所有人吸烟。那一次，还把烟卷从我嘴巴里拿下来。"她笑一笑，站起来，坐到他的身边，伸手抚在他的颈子上，"还以为你硬得像金刚钻。现在跟我说，心是疼的，对不对？"

为母亲服丧之后，小山在江外勾留数天。

将军差遣了人找他回来，并将这座带有巨大中庭的宅子给了他。

找到周小山的人之后却遇到了难题，因为香兰小姐追问他究竟是在哪里找到的他。那人违抗不了，只得老实回答了，在一个妓院。

她去找他的时候，他坐在石板地上，从井里打上冰凉的水来，一遍一遍地冲在自己的身上。

香兰脱下鞋子，安静地走过去，在他身后唤他："小山。"

他不回答，继续冲洗着自己的身体，要把什么东西洗下去，是放纵的痕迹，或是心里的悲伤。

她抱住他，把他的头轻轻地揽在自己的怀里："小山。"

他目光向前，手却没有停下，继续一下一下地把水浇在自己的身上。

她将他紧紧地抱住，悲痛地、固执地叫他："小山，你在干什么？你哭出来，好不好？妈妈死去的时候，你可以哭的。她不会高兴你这样。"

他手中的水舀"啪"地掉在地上，撞上硬的石板，裂成两段。

她感到他的手握住自己的胳膊，那样用力，他的头埋在她的怀里，忽然一阵颤动，没有声音，一点都没有，他只是那样悲伤地绝望地哭泣、发抖。

她的唇印在他的额角，轻声地安慰："对，就是这样，小山。"

阿妈走后，他一直不能安心地睡觉，可是在这一夜，在香兰的怀抱中，他睡得那样沉静、踏实。第二日醒来，两个年轻人和衣躺在床上，香兰看着他，微笑溢出美丽的眼睛："你早，小山。饿不饿，想吃些什么？"

她从哪里学来，自己亲手做酸笋给他吃？她也用清香的茶叶尖炒鸡蛋。她给他沏了普洱茶来。

　　小山呷一口那酽酽的茶，只觉得眼睛又湿润了。

　　她握着他的手，亲吻他的嘴巴，眼泪落在他的脸颊上："小山，让我这样陪着你，好不好？你为我，都做了那么多的事情。"

　　他本知道那是将军的女儿，那不是"他的女孩"。

　　他年纪再小也清楚这一点。雷池，越不了半步。

　　但是此时不一样，他刚刚失去母亲，孤独和痛穿透心脏，这美丽的姑娘让他觉得这么安全和宁静，一点点可怜的对温暖的贪婪迷失了他的判断。

　　他在她的身体里辗转，顾不得明天。

　　"你是专业人士，还到手过什么更有趣的东西？"

　　"什么都有一些。如果我能开间铺子，一定货样齐全。"

　　"失手过吗？"

　　"那次，应该就算是吧。"

　　"弄砸了事情？"

　　"不，偷错了东西。"

　　"……"

　　"偷错了，所以得用一生来偿还。"

　　"……一个女人？"

　　他皱眉看看她："这样刨根问底，累不累？"

　　"她现在在哪里？"

　　第二日，骄阳似火，停机坪上，目之所及，沙土是红铜色。

查才将军从直升机上下来，指间捻着一串佛珠。

在自己的城市里，身前身后仍有保镖簇拥，他在众人中看见小山，招手要他过来，没有话，只是握一握他的手。

香兰在哪里？

她就在将军的身后。

紫檀木匣子，雕琢玉兰花案，年轻的香兰黑白色的照片在上面，浅浅的笑，暗暗的香。

小山缓缓走过去，从别人手中接过她，轻声说："香兰，好久不见。"

第二十三章

潮涌

　　小山饮过清茶，将军让他进去，他的随从站在书房的门口，伸手拦住小山。他抬起手，对方简单而重点明确地检查过，方让他进入。

　　换了长衫的将军坐在窗下的摇椅上，合着眼睛，慢慢地说："你不要介意，最近局势有点混乱，西部边境又交了火。"

　　小山在他后面的竹椅上坐下来："买家反馈的情况说，A材料的冶炼，一切进展顺利，半个月后将知会我们结果。三天前，我收到第一批武器弹药，已经送至狙击旅。"

　　"给你的任务，我从来不担心。"

"……"

查才将军年轻的时候，膝部曾经中过子弹，留下了毛病，不能见凉，不能见疾风。他的书房里没有空调，只有悬在天花板上的风扇安静缓慢地转动，微微地卷起风，使空气不至于过于窒闷。他的脸上，有扇叶的影子，忽明忽暗。

"你最后一次见到她，是什么时候？"

"……四年前。"

"还记得她的样子？"

"记得。"

"可是，我怎么忘了？"将军睁开眼睛，锁着眉头，回身看一看他，"她头发长不长？"

"很长。"

"是啊，"他想一想，"她妈妈去世之后，她就一直留着头发。"

"她染色没有？"

"没有，黑的，又黑又亮。"

"嗯。在英国的时候问过我，我没有同意。"他慢慢地又靠在椅背上，"可是，孩子长得大了，管也管不住……她就这么走了，也没管我允不允许。"

"……"

"……小山。"

"是。"

"你怪不怪我？"

175

"不。从来不。将军，我的一切都是您给的。"

"那你说，香兰她怪不怪我？"

"她是您的女儿，我是您的仆人。"

他想要离开，她不让他动，躺在他的身侧，数着他长长的睫毛。

"对不起。"他慢慢地说。

"你在说什么？"她的下巴点在他的肩头，吐气如兰。

"你流血了。"他皱着眉，本来黑亮的眼睛里雾气蒙蒙，"疼不疼？"

她摇头，扶正他的脸，面对自己："我们结婚，阿爸会同意。"

他坐起来，背对着她："你是他的女儿，我是他的仆人。"

她从后面拥抱他："不许你再这么说。我们要结婚，是夫妻。我今晚就去找他。"

他想了很久，牢牢握住她的手："我是男人，让我去跟他说。"

这一日是黄道吉日，查才城大寺庙落成，佛衣金装揭幕的典礼。得道的僧侣诵经祝福，将军的朋友、战友、幕僚，城里的民众，数千人出席，香火弥天。典礼之后，还将有素宴，将军大飨宾朋。

香兰跟在父亲的身边，小山不在。

一直以来，他是父亲手中的兵权和巨大的财产之外隐秘的

武器，很少人知道他的存在，可是父亲却格外爱护和器重他。

她仰头看看阿爸，他有温和的一张脸，看着她，看着小山的时候，目光里都是关怀。

她心里小小地盘算着，如今，这样温暖的关系更亲近了一层，她和小山，阿爸和小山，多么幸福的自己。

典礼结束，素宴备好，众人落座。

查才将军的身边尚余两个空位。

宴席，迟迟不开。

将军松了一松领子。

这重要的客人迟到良久，终于肯莅临，香兰看见父亲站起身，她也慢慢地站起来。

来人向查才将军敬军礼："将军恕罪，属下来晚了。"

查才握他的手："你跟我，现在还自称什么属下？"

那人贴近将军的耳边，面有难色："我不信佛，入不得佛堂，所以迟到……"

"来赴宴就是好的。"将军伸手牵过香兰，"香兰，来来来，你该记得阮叔。"

香兰笑，她当然记得。

不记得他，也记得他身边的儿子，高个子，面孔硬朗，微微含笑，那样难以捕捉的莫测高深的笑容。

中过她一枪的阮文昭，现在又这样站在她面前。

没有人记得这件事情吗？

见礼，落座，温言叙旧，把酒言欢。

轮流转的风水让大人把之前的恩怨一笔勾销。

小山还未找将军，却被将军叫到官邸来。

他正在草地上练习射箭，展开手臂，鲨骨制的硬弓拉得圆了，"嗖"地射出去，正中靶心。

"我知道你母亲去世，你心里难受，小山你愿不愿意先休假？这个时候，日本正处在最好的季节。你出国这么多次，从来都没有真正地旅行过……"

周小山闻言未答，却缓缓地跪下来。

将军转身，十分诧异，弓箭交付一手，要扶他起身，手忽然在空中停住，沉声问："做什么，小山？"

"我要香兰，要跟她结婚。"小山一字一句。

将军听了，半晌没有反应。

然后小山听见他拉弓的声音，他抬起头，将军的箭尖正对他双目之间，满弓。

"有胆再说一遍。"

他自下而上看定将军的眼睛，语气坚定，毫不动摇："香兰已经是我的人，我要她。"

话音未落，将军松手放箭，刹那间，尖端稍偏，整支利箭擦着他的耳朵过去，没入假山的石棱，空气随之"嗡"地震颤。

将军提起他的领子，怒视他的双眼："教了你这么多，原来偷到我的身上来了。好手段啊，小山。"

周小山纹丝不动。

"你下去，我现在不想见到你。"

他起身，向外走，每一步似有千斤重。

走到香兰房间的楼下，迎着阳光向上看一看，只见紧闭的窗帘。

那天他难得地做了梦，回到小时候，赤脚在绿林里奔跑，自由自在，忽然肚子饿了，想到要回家吃饭。

可睁开眼睛，现实里的他，已再没有后路。

他再次被叫到将军的身边又是数日之后，将军没有弓箭，没有怒气，也没有从前的亲密，只是亲自给他倒了一杯茶，小山接过来，喝不下去。

"我没有儿子。"他听见将军说，"在你身上看到年轻时候的自己，这么好胜又了不起。什么人相识相知都是缘分，小山，你跟我有缘。"

"……"

"你小时候救过我的命，长大之后，为我做那么多的事情，还舍得自己代我的女儿受罚，小山，我给你什么都不算多……"

"……"他抬头看将军，此时无地自容，"我本来什么都没有，我的一切都是你给的，将军。"

查才抬手打断他，看着他的眼睛："让我做件事情，做任何事情。小山你什么要求都可以提出，只是，香兰，她不行。"将军垂下头，又抬起来看他，眼里竟有泪水，"如今我势不如人，逼到这一步，要与旁人合作才能挽回颓势，香兰是

179

他们的条件……"

小山听到这里只觉得热血上涌，直冲额顶，眼前一幕一幕是自小将军对他的教诲、关怀和栽培，他站起身来，望定将军："我从小受您的教导，没有您，没有今时今日的我。现在小山逾矩，犯了大错，愿受将军重罚！"

查才看着他，指间捻动佛珠："情非得已，我无法下手罚你。"

"我请求您送我上前线……"

他按住小山的肩头："坐下来，小山。不要再说去战场，那是军队的事情。你是宝剑，我不能滥用。只是，"将军顿一顿，"如果，我把香兰外嫁……"

"将军的家事，小山不能过问。今天您原谅我，从此以后，我为将军效力，肝脑涂地，不计代价。"

"……小山，不用赌咒，你做得一直很好。"

这已经是四年前的事情了。

那样一个年轻人不守规矩的错误，烙在查香兰的身上，而周小山要用一生的犬马之劳来偿还给她的父亲。

现在，查才将军终于把她从夫家接回了故乡，她的骨灰就在房间一侧的香案上。小山又走过去仔细看她的照片。想起她与阮文昭结婚之前最后一次去找他，他也是那样仔细看着她，想要说些什么，却发现自己是如此懦弱和驽钝，终于他找到了合适的词语，他说对不起，听见了香兰也说一样的话。

"我这次接了香兰回来，总是想起她从前的事情。也不仅仅是她了，还有我自己年轻的时候。小山，我真的老了。"将军站起来，走到他的面前，"身边除了你，再没有信得过的人。如果我退休……"

"您这是累了，怎么说这种话。这么多跟着您的人，战友、兄弟、同志、百姓，您怎么能说退休？"小山说。

将军看他，微微一笑："你这是不愿意啊。小山，好，我不勉强。"他揉一揉太阳穴，仿佛重负之下又勉强振作起精神，"关于那个材料，你请来的是……"

"发明者之一，北华大学的博士，裘佳宁。"

他点点头："照顾得还好吗？我们从来不亏待客人。"

"没有问题。"

"你安排一下，我想跟这位博士吃顿饭。"

小山抬头："将军，一直以来都是我出面交易，她并不知道您在幕后。这样做，不安全，不合惯例。"

"我有分寸，你去安排好了。"

他在夜里回来，她趴在桌子上，在方格本上跟自己下五子棋，抬头看了他一眼，然后继续。

小山倒了水喝，本来背向着她，小心地在镜子里又看看她，结果对上了她的眼睛。

"看什么，你？"佳宁问得一脸严肃。

"总是怕你，又跑了。"小山说。

"留得青山在，不怕没柴烧。"

"好气派。"

　　他走过来，坐到她身边，一手拄着头，一手拨开她额角的头发，只见她圆溜溜的耳垂儿，奇怪之前怎么没有发现她身上这有趣的部分，心里痒痒地要吻。她斜他一眼，小山只好按捺下来。

　　她挡开他的手。

　　"有个长辈要见你。"他说。

　　她手下跟自己的战局继续，左突右挡，一招快过一招。

　　"明天一起吃中午饭。"

　　她没有拒绝，就是同意。情不情愿不管，现在沉默地就范，又如晚上，这对仇人躺在一张床上。

　　她翻了个身，腿碰到了他一下，小山顺势挤开她的膝盖，身体轻转，手臂一按，整个人就罩在她的身体上。

　　静悄悄的夜，一点风都没有。

　　呼吸声，还有她亮的眼睛。

　　他又拨开她的发，沿着她的脸庞和颈子一路亲吻寻找，嗅一嗅，终于要含住向往已久的她的那粒耳垂儿。

　　她挣扎了一下，用了力晃动身子和脑袋，他抬起头来，看着她。

　　"是谁要见我？"

　　"都说了。"

　　"我在这里没什么长辈。"

　　"……"

　　"你老板？"

他从上面看她就这样猜到了，脸上不动声色，心里不是不惊讶的。

"莫名其妙地见这么一个面，以后他要杀了我灭口怎么办？"

他的不安就这样被她直直地问出来，其实已经打定了主意，他搂着她的手臂收紧了，沉声说道："我只要东西，不要人命。"

她双手撑住他的肩膀，对着他的眼睛："我告诉你，周小山，我不怕死，我来了这里就没打算活着回去。但是，我丈夫，他无辜。你跟我要是算有那么一点点交情，也得放他回去。"

事到如今，她也这样顾着她的男人。他觉得心里有赞赏，更多的却是从来没有过的酸涩，刚刚身体里的热潮就这样冷了、淡了。他身子一侧，就倒回原来的位置上。

安静了一会儿，他要睡着了，嘴巴却被她吻上。她诱导着开启他的牙关，他本无心恋战，却被她一点点撩拨起来，沉沦的游戏里再没有他既定的法则。

第二十四章

等待

　　大宅院，绿树掩映，几进几重，每一层都有警卫把守，她随身的劈刀入了门就被卸下。

　　"给我保管好。"裘佳宁说，"我还要的。"

　　"当然。"周小山说。

　　到最里面的园林，远远看见假山下有个飞瀑，旁边的凉亭里一个人，看不清面目，坐着，腰很直。

　　"怎么称呼？"佳宁问身边的小山。

　　他想一想："不用称呼。"

　　她看他一眼，"哧"地一笑："他是谁，会吓到我？"

　　小山没应，伸手让她过去。

"我一个人？你不过去？"

"他没有请我。"

她抬腿就要上前了，突然被小山拽住胳膊，她回头，漫不经心地问："干什么？"

"记住不要乱说话。"

看见她过来，男人先站起身。他有张年轻而温和的脸孔，可是额角有白发，让人猜不出年龄。伸出手来，腕子上是木雕的佛珠。

"裘老师。"他说汉语。

佳宁轻轻一握对方的指尖："不敢当。"

她自己坐下，叠着腿，身子侧向一边看瀑布，那下面居然还有一汪碧绿的小潭，金鲤凑在青色石崖边嬉戏。

仆人把茶水送上，佳宁看一看："换咖啡，我不喝茶。"

来人闻言只好照办。

从北京至此地，一路出生入死，几乎到了尽头，最危险的地方忽现难得的美景，佳宁心无旁骛。

"知道裘老师是杰出的人物，可还是没有想到是这么年轻的女士。"他开口说话，竟是奉承。

"杰出什么？常年蹲在实验室而已，一不小心，还给自己找了麻烦。"

查才低低笑出来："当个一无是处的平凡人，还是个找麻烦的科学家，如果可能回头，裘老师，您也是一样的选择。"

"我会谨慎。"

"防不胜防。"他饮一口自己的茶，"这是必然的代价。"

有侍女上来，端来两个翠边白瓷托盘，上面是新鲜的豆芽、香菌、木耳和青菜丝，侍女用薄荷叶擦拭了手指，将菜肴裹在白色透明的粉卷中，第一枚呈给佳宁。

她接过来，查才伸手用小勺将浅色的料汁点在上面："平淡无奇的东西，加了佐料，格外精彩。来，尝一尝。"

她吃一口，齿颊溢香。

第二道菜装在榴梿里上来，去了盖儿，里面是榴梿肉裹着米饭、虾仁和鱼肚，配酸汤、裹在香草里的鸡肉。

食品也是物质材料，搭配不同，比例变化，效果大不一样，佳宁深谙此道，细致品尝这美味佳肴。

"二战结束之际，苏联人和美国人几乎同时攻进德国。坐下来谈判之前肯定要比着抢夺战利品，苏联人拿走了现成的图纸，美国人把科学家打包回国。后来的结果大家都知道了。"

佳宁低头大口吃着榴梿海鲜煲，听着对面的人讲述这一段掌故。

"我也搜罗有趣的东西：古董、珍奇、异兽、致命的毒药或是高端的科技，可什么都不及人才那样宝贵，我坚信这一点。"

她用手抓起鸡肉来吃。

"我的中文不及小山那么好，但也听说过一个成语，意思是说，美的鸟要找好的树来栖息，比如凤凰和梧桐。裘老师，

你可找到你的梧桐树？"

她抬头看他，又看看一直在庭院外面等待着的小山，看见他也正望向这边："当然，可你的猎手把我擒下来。"

"我受朋友之托，要你的研究成果，小山他办事手段太硬，可能得罪了裘老师，我日后当然要补偿。我现在跟您说的，是今后的事情，也许我们，可以有，长期的合作。我需要好钢，这方面，您是专家。条件，我们可以好好谈……"

佳宁"呵"地笑了，嘴里还有饭，可是清楚地说："周小山这个高端人才，跟他，你是怎么谈的条件？"

查才用餐巾印印嘴巴，岔开她的问题："不着急回答我，裘老师，您想好了再说。"

他拿起自己的茶来喝，吹吹浮叶，呷下一口，像是跟她说话，又像是自言自语："再聪明，也是个孩子，不懂得茶才是真正的好东西。"

小山看着她走过来，神情懒散，无风无浪。

"我都不知道，你吃饭那么粗鲁。"

"你不知道的事儿还多着呢。"佳宁伸手擦掉嘴角的一粒米饭。

他们一层层地走出将军的宅邸，在大门外，他将劈刀还给她。那上面安了一个藤编的小套，可以挂在肩膀上，封住了刀刃又方便携带。

佳宁看看："这是什么？"

"我给你做的，看看合不合适？"小山说，他提一提肩膀

的带子，"好像有点长。"

"你还会……"

"乡下人的手艺。"他看看她，"拔出来，比一下，看看顺不顺手。"

刀正在腋下，佳宁"噌"地拔出来，向上一扬，对着小山比了一下，守大门的卫兵一个激灵就要过来，小山向他摆手。

佳宁逆着光，对着自己的影子摆摆样子："这样看，像个职业选手。"

"也许以后用得上。"

她收刀入鞘："一定用得上。"

之后数日，在等待和沉默中度过。

白天，周小山有时候不在，更多的时候，坐在自己的房间里，安静地将手枪擦得乌亮，对着院子里榕树上钉着的靶子瞄准，没有子弹。

他们在一张桌上吃饭，一张床上睡觉。

没再做爱。

这是多么奇怪的关系和相处的方式。他们不是爱人，却如此亲密；她对他心负仇恨，却在他的身边觉得安全。

裘佳宁粗喘了一口气，在午夜里睁开眼睛醒来，身上是一层密密的汗。

她对面躺着周小山，他熟睡时候的样子更加年轻，月光下是他白皙清纯的脸孔，一丝风霜都没有。这么会骗人，谁知道这个狠角色身上背了多少的债？

可他替人卖命，自己高不高兴这样？

他想起他早逝的妈妈的时候，心里会不会疼痛？

他看起来还这么小。

她向他的脸孔伸出手去，想要碰一碰他，快要触到了，睡梦中的周小山突然皱了皱鼻子，她迅速收回了自己的手，翻了个身，朝向外面。

可是他的手伸过来，搭在她的腰上，身子轻轻巧巧地就移到了她的身边，发凉的嘴唇印在她的肩胛上，含糊地嘀咕一声。

她咬着自己的拇指，汗毛都立了起来，然而他并没有醒过来。

第二日他们吃早饭的时候，他接了一个电话，立即穿戴整齐地走了。没过多久，他又回来，佳宁正对着不能上网的电脑打游戏，他将餐桌上已经凉了的自己的牛奶大口喝了。

他过去看一看："哦？这么厉害。"

"还好吧，来到这里之后练的。"

"我也来试试。"小山说。

佳宁将位子让给他，小山上去就被毙掉了。

"还以为你是玩家呢，有这么多游戏软件。"

他看着屏幕说："给你买的。"

他重新入局，装备了武器，选好了路线。有了之前的一次经验，第二次好了许多。手脑并用的杀人游戏，这个年轻人是个行家。

　　佳宁走到檐廊上，盘腿坐在栏杆上，摸摸衣服发现早就没了烟，只得空着手发呆。

　　小山在里面说："你闷了吗？"

　　她听了微微笑："怎么会？我早知道不是来度假的。"

　　"若是在北京，你做些什么？"

　　"现在是？"

　　"2月中旬。"

　　2月中旬，正是寒假，如果没有紧要的研究项目，如果秦斌也有空，他们会出门旅行，去北方滑雪，或是去南方游泳晒太阳。在哈尔滨穿着皮袄吃火锅的时候，在海南可以把自己埋在比胡椒面还细致的沙子里。多么好，多么幅员辽阔的国家。同一时间，从北到南，从严冬到盛夏，一列火车走下来，即可经历四季。

　　他走出来："你想不想跟我出门一趟？"

　　她看他一眼。

　　"我得令可以休假一周，你愿不愿意跟我出去旅行？我们不会走得太远。"

　　她低下头，想一想："周小山，我能选择吗？"

　　又是沉默，这是周小山的"不"。

　　"那好，我同意，长官。不过，请不要耽误我们之后的约定。你答应了的，对方一旦认证，就放我们回去。"

　　"当然，说定了。"

　　说走就走，他们第二日动身。

周小山开吉普车。公路旅行。

她出来的时候，他刚刚检查了油箱，用纸擦擦双手。

小山穿着卡其色的衬衫和长裤，袖子挽到大臂上，露出精壮有力的胳膊，腿又直又长，看见她问："准备好了？小姐，上路吗？"

她把袋子和自己的刀鞘扔到车子的后座："我不是主妇，不会做三明治。有什么需要准备？"

他走过来，她往后一撤，动作没有他快，鼻梁上便被架上了一副墨镜："小心太阳厉害。"

太阳还真是厉害，穿过了黑色的保护屏落到身上，暖暖洋洋。小山驾车飞快而平稳，佳宁缩在宽大的座位上，头一侧就要睡着。

迷迷糊糊的时候，听见小山说话，声音里有暗含的笑意："说你聪明吧，做了那么大的学问。可是这样看又不像，也不问我到底去哪里，还这么就要睡了。"

"我怎么聪明了？我就是一个，"墨镜的掩护下，她看着他，精致的侧脸，修长的手臂，车上密闭的小小的空间里，是他身上若有若无的植物的气息，"我就是一个彻头彻尾的笨蛋。"她裹紧了衣服，缩成一团睡着了。

梦里回到美国，第一个假期。她自己开着车穿越沙漠里无尽的公路，想去拉斯维加斯试试手气。空气跟此处不同，炎热而干燥，还有仙人掌和蜥蜴，有壮汉竖着拇指要搭顺风车，她"嗖"地一下滑过去，反光镜里看见那人换了中指竖起来。她

"哈哈哈"地笑。

赌城门口竖着威尔·史密斯新片的宣传画，这个黑人就是长得帅而已，电影和歌曲都太一般。

她不是赌徒，好奇而已，所以玩最简单的游戏。老虎机将她的小硬币吞进去，总会吐出更多来。意兴被这样一点点一点点地鼓动起来，注越下越多，手气越来越好，理性控制不了贪婪，直到"哗啦"一声，本息全无，满盘皆输。

佳宁猛地睁开眼睛，不知身在何地，背上皆是汗水，打透了自己的T恤衫。她扶着额头坐正了身体。

没有突然变脸的老虎机，只有周小山。

他看看她："你睡醒了？"

"……"

车子一侧，忽然停在路边，小山下了车，从她这一边把车门打开。

佳宁不解："干什么？"

"你去开车，我累了。"

"我们去哪里？我不认识路。"

"沿着公路走就好。"

她被他推到驾驶座上，看看他，小山把自己的墨镜摘下来，抻抻胳膊："快走啊，怎么还不上路？"

"都不知道你卖的什么药。"佳宁嘟嘟囔囔地说着，踩下了油门，一脚到底。

"我睡一会儿。"小山说。

她没应声。

可过了一会儿，这个人居然把头靠在了她的肩膀上。

她恨恨地使劲甩了一下："你这样我开不了车，两个人一起死掉。"

他闭着眼睛说："佳宁，你乖乖的好不好？几天而已，我们一共才有多长的时间？"

佳宁心中一震，侧头看看肩上的小山，那弯弯的眼睛，那无辜无害的一张脸，有些挣扎着、困顿着的东西在心里慢慢软化。

仿佛看电影一样，自己心里也知道，这个女人又忘记了教训。

他伸手把冷气拨小。

第二十五章 孩童

　　绕过山岭，车子在高速公路上向东北方向行驶，他们喝清水，吃小山备好的简单食物，轮流开车。午后光景，经过关卡，公路上来往的车子渐多，再往前走，一点点看到涨高的海面和高楼耸立的城市。

　　"这是……"

　　"督麦城，改革开放的窗口城市，我们的深圳。"小山说，"看，那里是港口。"

　　佳宁看见数艘悬挂外国旗的巨轮停留，海水深蓝色，白海鸥轻轻掠过。

　　"此处是东南亚少有的天然良港之一，每日吞吐大量的货物、旅客。"

"观光还是做生意?"

"都有。旅行者们很好奇,这个国家现在是个什么样子,可还有传说中秀美的山水,有没有被常年的炮火轰炸掉?

"也有敏锐而敢于探险的商人在这里登陆,因为制度还在实验阶段,所以税率优惠,他们运来汽车、电器,各种昂贵的工业制成品,在这里以超国民的待遇开设工厂。他们带走丝绸、宝石、高纯度的蔗糖和橡胶,转了手,又是好买卖——利润像以石油的价格贩卖海水。

"可是没有办法,这个国家太饥渴,迫不及待地要以自己的血肉换得奶水来喝。你理解的,你们也曾是如此。"

车子进入闹市区,街道整齐,绿意盎然。广场上,喷泉旁,亚热带的树木生长得矫健苗壮,开出艳丽的花朵,绿树间是座座摩天大厦,玻璃砖的外壳在蓝天下熠熠生辉。肤色各异的人,徒步,开车,佳宁看到的是一张张意兴盎然的脸孔。

小山伸伸手:"对,右转,看到最前面的酒店了吗,在那里停下来。"

她看看外面,又在反光镜里看看周小山:"像是两个世界。"

"有了贸易,有了人,有了觅食和取乐的需要,通关的埠口最先繁华起来。这个城市里有高级的旅馆、精致的食物、美丽的女人和男人,还有危险而刺激的娱乐。"

"谁是大老板?你的那个'长辈'?"

　　"当然不。这里太大太繁华，很多强大的势力只能分得一杯羹。我们在这里有自己的码头和部分产业，我偶尔来这里提取货物，仅此而已……车子就停在这儿吧，我们走。"

　　佳宁拿自己的背包，小山从车子的后备厢里提了黑色的皮包。

　　她看一看："不是说放假吗，怎么还有任务？"

　　"随身常备。"他走上前，空着的一只手揽她的腰，"走吧。"

　　富丽堂皇的酒店正门是模拟凯旋门的造型，数个白人侍童笑容可掬地迎送衣着华丽的过往的客人。西洋式的外观却有地方特色的洞天，进了大门又是另一重庭院。日光被天井上方绿色的玻璃柔和地过滤，投射下来，温暖舒适。石子铺路，绿藤缠绕亭台轩榭，清清淙淙的喷泉跟着钢琴声起伏流淌，透明的观景电梯上上下下，雅座上有人亲密地攀谈，用金笔在文书上签字。

　　没有人过多地注意穿过大堂的这一对，墨镜遮住了他们漂亮的眼睛。年轻的情侣观光客而已，尤其此时，访问督麦城又有极佳的理由。

　　华丽的海报自酒店三楼垂下，世界上最著名的魔术师搭档齐格菲和罗易从美国移驾此地，将带着他们的白虎白狮在这里做精彩绝伦的演出。

　　"北京话这叫什么，戏法，对不对？"电梯里，小山问佳宁。

"嗯。"

"你喜欢看吗？"他在阳光下看她细腻的皮肤、挺秀的鼻梁、隐在黑发中小小的耳垂儿，他微微低下头。

"为了这个带我来这儿？"

"电动不是打完了？"

她想一想："刚到美国的时候，去拉斯维加斯玩，他们演出的票价比席琳·迪翁的演唱会还要贵上一倍。我考虑了一下，还是用那些零用钱换了币子去玩老虎机。"

"赌鬼。"

她刚要抬头横他一眼，他作势要亲她的唇，佳宁低头。

电梯"叮咚"一声到了23楼，小山揽着她下来。

两个房间。

她之前想错了。

她要把门合上的时候被他轻轻格住："今晚要约会，小姐有没有空？"

她在门里说："我累了。"

"那我恭候。"

她洗了澡睡觉，睁开眼睛已是傍晚，打开窗帘看见暮色中的海。此处与家乡海角天涯。

有人按门铃，是水珠滴在石板上的声音，清脆可爱。

佳宁理了理头发去开门，外面是侍者，手中捧着白色的礼盒，用纯正的汉语说："裘佳宁小姐请签收。"

还能是谁做的游戏？她接过来，打开看，黑绸子的小

礼服，轻轻碰，又细又滑，微凉的触感滋润指尖那一小块的皮肤。

佳宁最爱华服，将那美丽的小裙拿起来放下去，心中喜爱又拿不定主意，直到周小山在外面按铃。

她开门，愣了一下。她从没有看过这个样子的小山。

在北京，他是一袭布衣的学生，穿干净的运动鞋，样子清纯而朴素；在查才城，他穿短衣长裤的民族服装，袍袖当风，是身藏古韵的少年郎；而眼前的小山，身上是蓝黑色的闪着暗暗光泽的丝绸衬衫和笔挺的同色长裤，衬衫开了两枚扣子，映得脸上和脖颈的皮肤润玉般地白，一双眼，像身上那神秘的衣料一样幽蓝。

他背着手，看看尚穿着浴衣的佳宁，唇边有笑容，淡淡的，难以捕捉："换衣服啊。"

"……干什么？"

"吃饭去。"小山说，"我饿了。"

似曾相识的话，又是这么理直气壮。

佳宁没应声，转了身，自顾自地往里走。

她脑袋里有点发蒙，关在浴室里，从镜子里看自己，手轻轻地划过上面朦胧的水汽，如果，再年轻一点；如果，眼梢再飞扬一点，那样会更艳丽一些；如果……她叹了口气，自己在想些什么？肩上发酸，穿了那小裙出来，姿态勉强。

小山看看她，背着的手伸出来，拿着双黑色缎面的高跟鞋，有小枚的水钻和长长的带子。他要她坐下，手沿着她裸露

着的细脚踝向下，为她穿上那精致的鞋子，一扣一扣，小心地
缠绕。

她站起来，面对立镜，身后是小山，他的手按在她的腰
窝上。

"你喜欢黑裙子，对不对？"他在她耳畔说，"看看，多
么漂亮。"

她低头找些别的东西来看："漂亮什么？这些日子都
老了……"

"胡说。"他打断她，从后面抬了她的下颌起来，固执地
要看她的眼睛，"胡说。"然后寻找她的唇，带了力道地咬。

佳宁吃痛，推开他，照照镜子，嘴巴上一朵嫣红，狠敲
他一记："你知道我没有唇膏是不是？你属什么的？这么乱
咬人。"

"如果你一定要问，好吧，我属猪。"

属猪的乡下人从容地吃西餐，慢慢地饮用美酒，坐在对
面看她，眼光又不敢停留太久。终于吃甜品的时候空出一只手
来，轻轻地覆盖在她的手上面。

佳宁看一看他的手。

餐厅的落地窗外是夜幕下的海岸，白浪一层一层地涌上
来，无休无止。

他的指腹摩擦她的手背。

餐厅里有舒缓的钢琴声，轻飘飘地像要随时停止，佳宁仔
细辨认才听得出，那是《柔声倾诉》，预言死亡的爱情。

她抬头看看对面的小山，脸又转向外面。

本来安静的餐厅因为两个人的到来而有小小的骚动：魔术大师——金发的齐格菲和黑发的罗易也来用餐，客人们好奇地注视这两个传说中的人物。

佳宁说："舞台下看，他们也这么老了……他们的白狮白虎呢？藏在哪里？"

"当然是最保险的地方。"

她看看他，忽然想起来些什么："你来这里，难道是要弄到这两个人的宝贝？"

他将手里的酒放下："他们的那对不算是宝贝，我弄到过……"

"什么？"佳宁凝神看着他。

小山手肘支在桌子上，眯着眼看她："知道得太多，你走不了怎么办？"

她扔了餐巾在桌上，站起来。

小山说："怎么翻脸比翻书还快？又要打人了？"

"我去洗手间。"

佳宁途中路过两位魔术大师的座位，真的有小朋友索要签名，齐格菲抬头，看见东方女郎经过，微微笑，熟练地放电。佳宁还以微笑，回过头想，时间是多么厉害的东西，齐格菲当年是绝世的美人，她也看过他的照片，又安静又清高，清澈的眼睛像湖水一样，如今看，眼梢嘴角都是皱纹，当年灼灼其华的盛姿只剩隐隐约约。

屏风后面的洗手间里，有人需要帮助。

一个三四岁大的女孩，坐在沙发上，一动不动，身边的白人保姆说英语，小声地央求："小姐，出去好不好？上了茅房就要出去啊，还要吃饭呢。小姐，好不好？你总不能一直待在洗手间里。"

女孩梳着齐眉的板凳发型，露出白白的苹果脸，佳宁看看她，她也看看佳宁，样子有点像个日本小孩。

佳宁洗了手出来，小孩子还坐在那里，面无表情，任旁边的保姆怎样央求都不予理睬。保姆伸了手硬要抱她起来了，小姑娘皱了眉头就要发脾气的样子，保姆赶紧住了手。

这样一筹莫展，佳宁也看不过去了，走过去，蹲在那小孩面前，看孩子一双漂亮的杏核眼睛："你知道大魔术师来了？"

孩子不看她，全当没听见。

"他们在给所有人签名。"

她还是面无表情。

"随手就变出花儿来，你不想要？"

小孩听了这话，方看她一眼，不太确定的样子。

佳宁见略有效用，再接再厉："我们一起去要签名，好不好？"

她终于动心，伸了胖胖的小手，佳宁以为要她抱起来，有点不习惯，她没抱过小孩子，边衡量角度边伸出手去，谁知那保姆突然过来，紧张地抱起那个姑娘："谢谢您，夫人，一个

小时了，她才肯离开这里。"

她们一同出来，路过齐格菲和罗易的桌子，佳宁在旁边的盆景里摘了一枚树叶，对小孩子说："看看他们能做什么？"

进餐前的大魔术师很有耐心，听佳宁说她和女儿如何如何地崇拜他们，不远万里来这里只为看他们的表演，他们非常愉快地赠送了签名的照片。齐格菲腕子一转，佳宁的树叶变成一小朵雏菊，大师别在小女孩的耳朵上，她的小脸这才有了一点点笑意。

保姆谢了佳宁就抱着小孩匆匆离去，餐厅的门口居然有他们的两个随行的保镖，佳宁看看他们的背影想，来自富裕的家庭的小孩子，小小年纪，已经拥有财富和权力，可是不会笑，是可怜的。

她回到座上，小山刚刚收了电话，看着她："我看见你去要签名。"

"帮一个小孩子。"佳宁说。

小山看看腕表："时间还早。"

"……还有别的节目？"

他没有回答，拉她的右手过来，扳动她大拇指的第一节。

"你这一节手指长得长，又很柔软，这样的人……"

"大富大贵？"

他笑起来："适合做赌徒。"

"还以为你有什么好的建议。"

"去玩两把？"

"……为什么不？"

从酒店出来，小山沿海岸向北驱车10分钟，离开了闹市区，穿过黑魆魆的园林，忽然见到更豪华的所在：喷泉之后是古老的堡垒，雕花大门，立柱被雕刻成高大的古代斗士，手臂上擎，他们被青色的地灯辉映，被名贵的车子环绕，衣着光鲜的人鱼贯而入。

小山下车之前系上衬衫的扣子。

"这是哪里？"佳宁问。

"赌场。"

"……"

他看看她："这个建筑横跨边境，对面就是你的国家。"

"……"

"赌场的名字，你可能有点印象。"

"……"

"彼得堡。"

第二十六章 上

地狱

她当然记得这个名字，秦斌的那桩通了天的案子里，显赫的高官在这里被摄在他的镜头里，他因此曾经遇险，当时救下他来的人，是眼前的这个。

她怔怔地看着他，觉得脑筋都不够转，周小山，他布了什么样的局，只等他们落网？此时又为何带她来到这里？

"你在想什么？"他在黑暗里看她，只有眼睛在月色下闪亮。

"我在想，周小山，你一箭几雕？"

他把车子熄了火，在反光镜里看着佳宁："可是请你再用聪明的脑袋想一想，如果是我想要他的照片，还会动这么大的

干戈？那些东西对我来说，不是手到擒来吗？"

"……"

"存贮照片的U盘，秦斌用塑胶封存，放在了红酒瓶子里，长城干红，深颜色，大约剩下三分之一。酒放在你的厨房里，壁橱第二层。你不是很喜欢做饭，厨房非常干净，大部分的炊具新的一样……"

"你去过我家？"

"说过了，很好奇。"小山看看她，慢慢地说，"就是很好奇。你们不在的时候，我进去看看，吃了些东西，看了你的碟片，还想，这两个人都够倒霉，都惹了不该惹的人。"

"你变态。"她咬着牙挤出三个字。

周小山微微一笑："但我说得对，是不是？"

"……"

"我与这里无关。我不绑他，他自然还会遇到别的危险，我这样做了，也许救了你们也说不定。"

"我该对你说谢谢吗，周小山？"

"那倒好说。"他转头看看她，"走吧，去玩两把。"

她不动，小山说："今天不去，以后也许会后悔。"

此人言语不多，可总是话里有话，佳宁还在犹豫，周小山已经下了车。

"彼得堡"比起拉斯维加斯、澳门或是摩纳哥的赌场，规模并不很大，可是位置隐秘，装修豪华，赌具齐全，又有刺激有趣的附属娱乐项目，地处国境线上，三不管的地带，没有突

205

然的麻烦，可以尽情地玩耍，因此受到出手豪阔又不愿意曝光身份的赌徒欢迎。

一层是大堂和普通娱乐中心，人们换了筹码，在这里可以玩老虎机、饺子机、各式飞轮或百家乐等传统项目；二层是包厢，赌徒们可以四人一桌或是捉对厮杀，用镶金边的扑克或精致的缅甸玉石麻将和骰子，赌资上不封顶，有宿怨的仇家赌上性命也可以，有人专业地善后；三楼是夜总会，香槟喷泉长年流淌，文艺表演中穿插游戏，还有美娇娘在橱窗里微笑，等待手气颇佳的客人，体力不支，还有药物助兴，都知道的，地球的这个地方有世界上品质最好的罂粟花。

金钱、美人和毒药，这些是快乐凭空而来的源泉。

还没有督麦城的时候，这里就有"彼得堡"。那是一九几几年之后，突然有了一批"新俄罗斯人"，手里拿着大量的现金想要寻找被禁锢已久的乐趣，却没有自由的身份，不能随意地通行东西方，这个地方应运而生，名字叫作"彼得堡"，是要客人们"宾至如归"——像这里所有的植物一样，它这样吸纳了第一笔金而后茁壮生长起来。

Y国和这个城市政局稳定而有了初步的发展之后，来这里的客人不再是单一的俄罗斯人了。远洋而来的商人旅客甫一登陆，便要寻找快乐，他们成了新的更为重要的客源，当然，还有国境线另一边的近邻中国人。

所以侍者见到她便说熟练的汉语，佳宁也就不奇怪了。她本来心事重重，意兴阑珊，却在轮盘上押大小的时候一中再

中，手气顺风顺水，小山站在旁边，凑到她的耳边鼓励："别赢太多了，记得打赏。"

佳宁扬手就给了侍者200美元的筹码。

没有约好的对手，他们越过二楼，电梯却在这一层停下，上来个阿拉伯人，蓄须，戴着白头巾，也许是赢了钱，红着一张兴致勃发的脸，却喝得酩酊大醉，脚步不稳，好在身边有人。佳宁看一眼，又看一眼，那是张熟悉的脸，韩国的女明星，跟她在电视剧里一样漂亮，攥着阿拉伯男人的手臂，尽心地伺候。

佳宁转头向另一侧，周小山握着她的手。

上了三楼，那二人隐在黑暗里不知去何处作乐。

佳宁在妖娆的印度音乐里只见酒池肉林，一片奢靡淫乱，几乎裸体的女郎和男人在玻璃窗后微笑，他们肤色各异却一概年轻美丽。靡靡的音乐中，忽然强光一闪，中间的舞池里，身穿皮衣的南亚女人甩鞭抽在黑男人的身上，血肉横飞。

佳宁倒退几步，胃里翻滚，几乎要呕吐出来，却听见黑暗的席间有人叫好，巨额的筹码被扔上舞池，以资鼓励。

姿态怪异、男女莫辨的妖人腰肢摆摆地上来，走近佳宁和小山，他手里拿着丝绒的盒子，打开看，里面是细细的紫色针剂："二位要不要试试这新药？没有副作用，效果极佳，能嗨一整夜。"

佳宁转头即走，小山跟在后面。

她脚步飞快，浑身发抖，不能控制自己。

她是光明社会里从容成长起来的知识分子，这不是她的世界。

今日所见，与之前在查才城，如地狱更下一层。

终于从"彼得堡"夺路出来，佳宁在夜里微凉的风中努力镇定自己，可是胃里恶心得直疼痛，她弯下身干呕，小山在后面轻轻拍她的背。

她回头看他，怨恨地看他："你不应该带我来这里，你……"

"你在怪我吗，佳宁？"他安静地问她，手掌放在她的背上，渐渐传来温暖。

她觉得她看错了，周小山的脸上，有哀伤的情绪。

"我一不小心见到你的世界，你有那么安静的日子，过得又舒服又体面，你跟朋友聚会，看美国人拍的爱情文艺片。可为什么你不能来看看我的地方？你觉得这里恶心吗？不是这样的，这里，督麦城，查才城，西城，江外，我的国家，我觉得很好，我觉得理所当然。

"如果，我不做我现在做的事情，不去千方百计地偷盗东西，以货易货，那我也许就会在这里，当一个转动轮盘的侍者、坐在玻璃窗里的娼妓，或者往台上投掷筹码的客人，没有分别。

"你为什么厌恶，佳宁？

"你不喜欢，你没有见过，你就要恶心成这个样子吗？

"不应该这样。都是过日子，都是在工作。道路不同而已。"

她无话可说，可是抑制不住自己的颤抖。

他拨拨她额前的头发，要把她搂在怀里："吓到你了？真是抱歉。我们现在就回酒店好不好？睡一觉，明天，明天看魔术。"

她双手忽然抓住他的衣服，定定地看他的眼睛："周小山，你跟我说，我要你再跟我说一遍，你跟这个地方真的无关。"

他握住她的手，肯定地说："我跟这里无关，这里现在的老板是……"他想一想，"我的一个故人。"

同一个时间里，赌场顶楼的监视器前，另一个人也似乎看到了自己少年时代的故人，隐隐约约的影子，唤起缥缥缈缈的回忆，关于争夺、打斗和委屈了自己也不能爱的姑娘。他仔细看一看屏幕上小山的背影，皱皱眉，眯着眼睛，又觉得可能不是，时间如此久远，记忆淡如竹间月影，难觅痕迹。可这个人此时顾不得这些，"咝"的一声，自己把销魂的药物注入静脉，所有的回忆淡去、隐化，再也构不成疼痛。他瘫坐在自己的躺椅上，唇边有得意的微笑，向一片虚无："不还是我得到她了吗？你是个仆人，你不行。"

第二十七章 上 诺言

这是一瓶香槟,金灰色锡纸包盖,放在银桶里,被方形的冰块掩住半截,寒气在墨绿色的酒瓶上结成水珠,淡淡一层白烟。冰桶旁边有奶酪,新鲜艳丽的草莓摞成小丘形状,顶上只有一枚。侍者右手向上,顶着托盘,脚步如飞却身姿稳健,一路穿过餐厅、酒店大堂,上电梯,至26楼,直到那扇门前,顶端的草莓纹丝不动。

他按响门铃。

过一会儿,开门的是陌生的女人,穿黑色小礼服,嘴唇嫣红。

侍者没说话,脚步稍稍向后,眼光一扫,确定门号没有错误。

他张口，说本地语言。

女人听不懂，离开门旁。

再过来的才是他认识的周小山，他们说当地话。

"我没有要酒。"

"酒店赠送。"

小山看一看："都是冷食，没有料理？"

"没有料理，即食即饮。"

小山自己接过来，付小费。侍者双手合十致谢，脚步轻快地离开。

他端着托盘进来的时候，她正要离开。

"你不打算留在这儿再跟我喝一杯酒？"

"我累了。"

他没有挽留，看着她离去，关门。

小山嗅一嗅自己的手指，是她的味道。

他看着自己面前的香槟。

给周小山的题目通常有几种。

有的很简单方便，去某地，见某人，接收货物，转账酬金，再将货物以一种隐秘而安全的方式运回，他从14岁开始，便经手这种最简单的交易。难度通常在交通路径的选择上，因为他手里的东西往往都是失窃的宝物，被悬赏通缉，要想运回，殊为不易。周小山的路，比任何人的都要凶险艰难。

有的要稍微复杂一点，需要花费更多的精力，策划潜伏，

运筹转手，为的通常都是稀世的珍宝，将军以此与别的权贵交换自己需要的武器弹药。

比如裘佳宁的A材料方程。

买家通过正常的手段得不到，只得接洽查才将军，允诺数量巨大的军火，小山领命潜入北华大学，接近目标，待材料通过验收审核，确系有效，本该将方程一举夺回。可是在完成所有任务的过程中，都会发生不期然的变故，比如王志里院士突然病倒，比如他遇到裘佳宁，每个峰回路转，他都要做出选择和应对。快不及快，便有意外，最后将一个不相关的秦斌绑回，用人质要挟——于他，这不是一次漂亮的任务，比不得之前从法国偷回狮虎兽的顺利安排。

还有一些，目标的选定比较突然，经常是事情有变，或者是将军临时的决定，小山要以一种蛮横而快速的方式解决。他眼前水汽缭绕的香槟冰桶，里面又传达了什么信息和任务，还未可知。

小山没动冰桶，掏出手机，拨通了电话。

铃响三声，电话被接起来，却没人回答。

"莫莉。"小山说。

"……"

"你的问题，我有答案。"

"……"

"我们再不相见，也可以。要么我再也不做，要么你现在收手，马上离开。"

"……"

"不是什么人都可以成为掮客。"

"……我不，我就要跟你一样，比你还好。"莫莉终于说话，声音略有嘶哑，"你等着，我会做好这件事情，我会做得比你漂亮。"

然后电话被她按掉，一片忙音，那样刺耳。

小山看向外面，黑夜中的海洋，潮水翻白浪，不停歇。灯塔发出明黄色的光，螺旋形，席卷天地。

小山想起从查才城前出发那一天，去见将军。

久未回来的莫莉竟然也在那里，见到他，不说话，一脸的倔强。

之后他们要各自出发，小山去督麦城度假，莫莉领了她身为掮客的第一个任务，去江外接收货物。

他们一起出来，在将军官邸的门口，即将分开的时候，莫莉突然问小山："怎么做，才能永远见不到你？"

他没有说话。

终于此时有了答案。

没有休止的生涯，莫莉是后来者，应该更早地抽身而退。

可她不干。

他沉吟良久，拿过冰桶，拇指扣住外沿，其余四指在内侧用力，逆时针旋转三周，慢慢向上，双层结构的冰桶里外分离。他在桶壁的夹层内拿出一张薄薄的白纸，将香槟酒打开，取少许酒液用冰块涂在白纸上，一张照片，跃然出现。

周小山仔细观看。

一分钟后，那照片隐去不见，还是张白纸，与别的白纸毫无差异。

佳宁自周小山房间回来一直没有睡着，穿了袍子去大堂想找安眠的药物，或者有一包烟也行，很久没有吸烟了，自己的最后一包烟被周小山扔了。

"没有安眠药。"服务生说，"女士睡不着的话，可以去三楼的服务区，那里有水烟，安眠的效果很好。"

佳宁束了束带子就要上楼的时候看见走廊里女士洗手间旁有穿黑衣服的男人哈欠连天。

她认得的，吃完饭的时候见到的那个小女孩的保镖。

半夜里，想必小女孩是又出了什么状况，难为了大人在这里等待。

佳宁走过去，保姆从里面出来，摇摇头，仍是疲惫和无可奈何。

小孩子依恋母亲的怀抱，或者心爱的玩具，或者聚得齐伙伴的游泳池，佳宁第一次见到流连洗手间不肯离开的小孩。他们的癖好也古怪得有趣。

她要进去，保镖要阻拦，保姆却认得这位女士，求她再帮忙。

佳宁进去，果然看到那个小孩子坐在之前的沙发上，一小团白白的脸蛋儿，漂亮却冷漠。

她蹲在她面前："这么晚了，怎么不睡觉？"

"……"

她看看小孩子，穿着白白的小睡衣，一双小脚露在外面。

"你怎么不穿鞋子？"佳宁问道。

她的小脚缩了缩。

"小耗子出来搔你的脚，你会痒痒一夜。"她说着就伸出手去点点小女孩又软又嫩的脚心。

她张口说："我不怕。"

佳宁站起来："那好吧，你就自己在这里吧。我困了，我要睡觉了。"

她作势要走，小女孩起立站在沙发上，用裙子把自己的脚挡住了。

佳宁笑着凑到她的耳边说："走吧，我抱着你走。你自己在这里，藏住了脚，它们还搔你的手心呢。"

"……"

"你知道吗？现在不好好睡觉，白天就会困，魔术师的表演你都看不完了。"

她还是不说话，只是看着她。

佳宁真的要走了，小女孩伸出手来。

她还是不太会抱小孩子，双手伸过去，夹着肩膀抱她过来。小姑娘的表情不太舒服，但双臂还是环住佳宁的颈子。她只觉得奶香扑鼻。

她说些不相关的事情给这个孩子听，要她愿意被她抱住，被她带离这个洗手间。她没有问起她的父母，为什么要呢？一

个出身富贵的小小女孩，被保镖和保姆陪伴，而不是她的爸爸妈妈，她怎么可能再去问"你的妈妈在哪里"，她怎么可能再去碰她的伤口？

她抱住她，想起父母离婚的时候，在少年班读书的自己翘了奥林匹克数学课去抽了两包香烟。

怀里的这个，只是沉默而已，真的不算过分。

保姆将小孩接过去，然后道谢。

她的脸枕在保姆的肩上，看着佳宁，那双眼睛黑白分明，非常漂亮。

她觉得保姆抱得很是专业，双手模仿她的姿势乘电梯回自己的房间，就这样忘记了还想去抽几口水烟。

周小山在她的房间外等她，看着她从电梯那里走过来，开自己的房门。

"夜游神。"

"你好，守门人。"

他笑笑，随她进了房间："去哪里了？"

她看他一眼："楼下，小转一圈。"

他伸手搂她，轻轻凑近她的脸，模模糊糊地说："刚才我们……"

她心不在焉，侧过头来看他："我说，我还有多久可以带我丈夫离开这里？"

他停了一停："三天之后，买家给我电话。不出意外，我立即就放你们走。"

"很好。"佳宁说。

"如果……"

"你想问我是不是愿意留在你这里？"

"……是。"他想，她可真是直接。

"你老板问过我一样的问题。"

小山握着她的手臂微微一紧，看着她的眼睛："他问过你？"

"是，没错，那次吃饭的时候。"

"那你怎样回答？"

"不。周小山，谁问我都一样。我不会留在这里，我会跟我的丈夫回去，我们补办婚礼，年内，我们生一个小孩子，女孩。我会跟我的丈夫白头偕老。我的女儿，她性格开朗，学习很好。而你，我会忘记你的。"

裘佳宁说的时候，她自己也不知道，有一颗泪水在眼眶里旋转许久，蛮横顽强地一直没有落下。

第二十八章

紧迫

莫莉想，如果是小山，他此时会怎样做？

时间已经过了15分钟，交货的人没有来。她在医院的走廊里等待，同时思考对策，是要这样空着手回去，还是亲自去那间病房，自己割下目标人物的右手食指？

不，她不能就这样回去。她跟周小山说了狠话，她要成为跟他一样的人，要跟他平起平坐，这是第一次任务，她要成功完成，一定要。

咬一咬牙便拿定了主意，想到小山，他排除万难，一定会完成任务。莫莉转身上楼，去顶层病房，渐渐接近她的目标。

江外人民医院顶层的特护病房里，躺在床上，周身插满了

透明管子的人行将就木，可他却仍然在Y国权倾北方，掌握了大量的武器、军队和富饶的土地，在他控制的地区设置关卡。查才将军从境外购买的军火从陆路运不回来，他需要这个人右手的食指，他的指印是通关的凭据。

有两名保镖在门口把守，莫莉在走廊的拐角发出些响动，其中一人循声而来，他拐过来，刚刚进入她的攻击范围，她眼疾手快，从手表里拉出纤细强韧的金属丝，准确无误地勒住对方的脖颈，用力，再用力，20秒钟，彪形大汉即刻毙命。她蹲下来等待，另一人见同伴好久不回来，喊了一声他的名字，没有回答，然后莫莉听见脚步声，手枪上膛的声音，那人渐渐走近，她右手牢牢握住自己的匕首。

医院走廊里这个拐角的地方，窗子没有关严，保镖走到此处，恰有一阵暖风吹来，翠绿的小虫进了他的眼睛，眼皮应激性地一合，再睁开已经来不及，女孩左手托高他的手枪，右手飞快而力道强悍地将匕首从软肋以30度角向上，准确无误地刺进他的心脏。

手法已然熟练，莫莉每次出手，耳边却都还有周小山说的要点："刺进去，拧一下，再拔出，搅碎了心，人连呻吟都没有。"

所有的过程，只一眨眼，没有声音。

血腥味，在春天的风里发甜。

莫莉推开病房的门，目标直挺挺地就在眼前。

她的任务并不复杂，右手食指，找到骨缝，一刀切下去而

已，匕首刚刚被热血滋润了刀刃，锋利无比。

胜利在眼前。

仿佛就在眼前。

下一秒钟，她的额角被人用枪口顶住，是真的高手，她都没听见有人进来的声音。

同一时间的Y国东海岸，督麦城豪华的穹顶会场里，远道而来的魔术大师即将上演精彩的表演。周小山拿出自己的电话，掀开盖子看一看，等待些什么，不安些什么，忽然有喧闹的锣鼓声响，电话自他从不发抖的手上滑落，掉在地上。他看一看，没有动，佳宁低下头替他拾起，放在他的手上，两人的皮肤是一样的凉。

齐格菲和罗易登场之前，有当地人的小戏法暖局。

锣鼓声中，长成竹竿一样身材的艺人上台，脸上画着夸张的油彩，从自己的袍子里掏出鸽子、白鹅、日本狗，最后是一只直挺挺的小鳄。他深情地一吻鳄鱼的嘴巴，那鳄鱼上下牙一碰，艺人立时趔趄，观众笑起来。

然后是土耳其女人的骑术表演，她们戴面纱，穿着美丽的衣裙，骑着高大的骆驼进场，骆驼的鞍鞯上缀满珠宝，头上竖着白色高翎。黑色的皮鞭下，骆驼跟着雄浑的音乐绕场奔跑，快得追风一样。女郎在驼峰间飞吻、倒立，做高难的造型，观众掌声四起。

正是热情高涨的时候，灯光却忽然熄灭，音乐戛然而止。黑暗之中，电光一闪，只见场地正中，着白衣黑裤的齐格菲和

罗易昂然站立，他们的身侧，白狮俯卧，白虎半蹲，罗易手下示意，白虎一声长啸，轰然笼罩全场，威武，神奇。观众席爆发出雷鸣般的掌声，无比热切地期待这精彩绝伦的演出。

周小山看到的不只这些。

会场里瞬间的闪光中，他已经看到有人从四个过道朝他这边扑来，二十人以上，行动迅速地穿越观众席，直取他的方向。

昨夜去了"彼得堡"，今天阮文昭才做出反应。这样的效率，难怪他也只能局限于这东海岸一隅，做他苟且的买卖。

又是黑暗，他拍拍佳宁的手背。

"有事儿？"

"很抱歉打扰你，但是，请你先离开这里，去外面等我。"

这一天里，他们第一次说话。

舞台上忽然爆发焰火，她转过脸来看他，赤色的火焰下，她美丽的脸被染上一层玫瑰色。佳宁没有问原因，弯了腰即走。

舞台上，罗易引导白虎进入虎闸。

他要在众目睽睽之下把它变没？

小山想，看看谁的速度快。

他需要一场混乱，不用太大，能够脱身就好。腕表里有小机关，放着两片香口胶一样的东西，那是固化了的硝酸和甘油，他将它们取出，放在手里轻轻揉捏。经过特殊的处理，这

是两种稳定的固体物质，可是，一旦融合，便会产生威力极强的爆炸。

舞台上，虎闸被黑幕围住。

观众屏气敛声。

杀手一步步接近。

小山不动声色。

他的右侧，来人已近在两米处。

忽然身边有人吸烟，亮起暗红色的火星。

小山想，真讨厌，不过还是要谢谢你，他的手指有力地弹开，被糅合在一起的硝酸甘油画出一道直线擦着烟头飞出，两种爆破物质与空气摩擦，在明火的作用下溶化、结合、引燃、爆炸，彗星一般直扑向他的敌人。

第二十九章

心惊

　　佳宁从会场里出来，脚步匆匆，周小山要她在停车场等待，不知又是什么机关。前厅里空荡荡静悄悄，大魔术已经开始，她却要离开会场。佳宁忽然被人从后面拽住了胳膊，回头一看，认识的，是那小女孩的保姆，她恳求着说："女士，您还记得我吗？我家小姐又躲在洗手间里不肯出来，请您……"

　　佳宁心里着急，又难以拒绝，觉得那只有两面之交的小孩子隐隐牵引着她的心，只得跟了那保姆赶向洗手间，推门一看，穿着黑色小礼服的姑娘果然还在那里等待。

　　她过去，轻轻说："嗨。"

　　女孩看看她："嗨。"

佳宁笑："怎么不去看魔术，都开始了。"

她侧侧头，指了指一扇卫生间的门："我不走，妈妈还在这里。"

她第一次提起妈妈。

佳宁看看保姆，那女人摇摇头。

她便明白了，母亲已经离开，却跟她的孩子没有交代。

佳宁摸摸她又软又嫩的小胳膊："跟我走，好不好？我抱你出去看魔术，魔术师要把老虎给变没呢，然后我们一起回来等妈妈。"

她小小的脑袋瓜儿思考良久，最终还是妥协了，向着佳宁伸出手去。

佳宁这次可准备好了，右手臂向上，搂住孩子的后背，手掌扶着她的腰，左臂向下，托住她软软的小屁股。小孩子很快便在她的手上觅得一个最舒服的姿势，头一低，脸颊贴在她的肩上。呼吸是香甜的味道。

保姆放了心，跟佳宁迭声道谢，想要把小孩子接过去，可她自己不愿意动弹。

门外的保镖重重敲门。

她们闻声出去，只见一片混乱。会场里的观众正仓皇惊恐地从里面争先恐后地逃出，有女人和小孩子的尖叫声，有呼救声，有警报声，魔术表演现场居然失火，佳宁觉得自己知道谁是始作俑者。

迎面来的人撞了她，佳宁紧紧抱住孩子不让她受伤。此地不能久留，保镖和保姆在前面开路，佳宁跟着他们一同逃离这里。

停车场里也是一样混乱，为小女孩准备的房车前，佳宁要把她交还给保姆，可她挂在她的身上，两只小手锁在一起，固执地一动不动。

佳宁真的急了，这里乱成一团，她还得去和周小山会合。保姆也上来扒孩子的手，她却一声不吭，默默地反抗。

在这纠缠不清的时刻，周小山的吉普车"咻"地在她们的旁边急刹住，他推开车门对她说："你去哪里了？快，上车。"

佳宁看着车上的周小山，举步维艰，她怎么上他的车？她身上还负着别人的孩子。

可此刻，在夜幕中看清了佳宁的周小山更是暗暗心惊。

她抱的孩子，正是查才将军派送来的照片上的小孩，正是他这次任务的目标，他还要再策划怎么偷得到她，袭佳宁却把她双手奉上，是得来全不费功夫吗？

后有追兵，来不及多想，小山要佳宁上车。

危急之中，小孩的保镖已要拔枪，小山却动作更快，他手中黑色的枪口呼啸两声，两个保镖应声倒下。面向小山的佳宁将小姑娘的头扣在自己的肩上。

"上车。"他的声音不容置疑。

佳宁没有选择，抱着女孩上去。

小山发动车子，忽然猛地向后一倒，后面两个人一个被

撞飞，另一个被轧在车轮下。佳宁用自己的身体挡住女孩的眼睛，抬起头，恨恨地看着在她面前瞬间了结四个人的周小山。他没有看她，伸出手去，把她的头按低，直到座位下面。

佳宁含胸蜷膝，紧紧抱着怀里的小孩，藏在副驾驶的车座下窄小的空间里。她闭着眼睛，耳边是风声、碰撞声、周小山的枪火声和他从容的呼吸声。

他前突后挡，终于扫清障碍，摆脱追兵，冲出停车场，驶上公路。

救火车迎面而来，警报长鸣，红光旋转。

周小山全速前进，向离开督麦城的方向。

"你起来吧，现在安全了。"

佳宁终于起身，将小姑娘放在腿上，深深呼吸。她用小孩听不懂的汉语对他说："好身手啊，这么会杀人。"

"我不杀他们，就得被杀死。"

"一个人搅乱一个城市，不觉得自己了不起吗？"

"好说，又不算大事儿。"小山加大油门，"害你今晚看不了魔术才觉得有点抱歉。"

此人谈论自己和别人的生死，如此地轻描淡写，如此地让人愤恨。

"停车。"

他这才看看她："干什么？"

"这个孩子怎么办？得送她回去。"

他侧头，仔细看看那孩子的脸，小小的白白的，非常平静，刚刚的危险对她没有丝毫的惊吓。他看她的时候，她也在仔细地看着他，胳膊却紧紧搂着佳宁。

"我跟你说了，停车。"

"我不能，你手里的这个孩子，也是我这次来的目标，我得带她回查才城。"

她震惊得无以复加。

一不小心，自己居然成了这个掮客的帮凶，帮助他绑票了别人的女儿。

周小山劲瘦有力的双臂操纵着方向盘，掌握着一切，不容反抗。

"在用力恨我吗？佳宁，我都听见你咬牙齿的声音了。你的刀就在旁边。我说过了的，我等着你出手，杀了我。"

车行夜路，沿来路返回。

出城之前，遇到关卡。他们的前面停着一辆面包车，旁边是一个警察，正在进行安检。

小山放缓了车速，伸右手从后面的车座拿出自己带来的黑色箱子，打开一点，拿出有拳头一半大小的黑色手雷，将它握在掌中，拇指向上，顶着安全阀，熟练而标准的姿势。

还有大约15米远的距离，小山把车子停了下来。

警察望向这边。

小山看看佳宁："你猜，那辆车上有多少人？"

"……"

他打开天窗："闭上眼睛。"

　　佳宁已经知道要发生什么了，随即抱紧了小孩，同时合上自己的眼。

　　周小山长臂舒展，拉了栓的手雷自车子的天窗飞一道弧线出去，前面所有的人还未反应，那小小的却威力强大的武器已经一着中的，裂变成火，成热浪，成锋利的金属的碎片，成毁掉一切的力量，轰然爆炸。

　　"我不乱杀人，这是埋伏。"

　　"你怎么知道……"

　　"我就是知道。"

　　裘佳宁惊魂未定，周小山发动车子，正要上路。

　　突然一辆车从小山那一侧横冲过来，速度极快，力道蛮横，千钧一发之际，佳宁用自己的身体护住小孩，向右一侧，头重重地撞在了车窗上。

　　她有片刻的昏厥。

　　仿佛回到更年轻一些的时候，第一次坐飞机去美国念书，直上8000米的云霄，她的耳膜剧痛，也像这般，少年的心里还是那样不安，在前面等待自己的是怎样的世界？

　　怎样的世界？

　　小手轻轻拍她的脸。

　　那孩子说："嗨，快醒来。"

　　佳宁这样悠悠地回了神，小孩子还在她的怀中，她们还在车上，车子还在这里，周小山也还在这里。

　　只是，状况大不一样。

他们的车在小山那一侧被横撞得凹陷下去，车窗粉碎，小山被卡在驾驶座位上不得动弹。更可怕的是，这个样子的他，还跟另一个人缠斗在一起。

不，不是缠斗，因为谁都没有办法动弹：对方站在撞过来的那辆车子的前盖上，他的枪口伸进来，已经对准了周小山的太阳穴，可是扣动扳机的右手拇指被小山用左手卡住，不能射击；他左手扼住小山的喉咙，却同时也被小山的右手牢牢扣住手掌下的静脉处，不得发力。虽然微弱，但周小山还有呼吸，颈上的血管突起，跟着心跳，一下一下地搏动。

佳宁还在耳鸣，听不见周围的任何声响，脑袋也在发晕，只觉得一切有欠真实感，像看一场画面断续、没有声音的电影。

她慢慢地打开自己这一侧的车门，把小孩子放在外面的地上，食指点点她的嘴巴，告诉她，不要动，不要说话。

然后她慢慢回到车里，找到了自己的刀，去掉刀鞘，摸摸刃子，仍然足够锋利。

她想起周小山跟她说过的话：颈部的动脉，是一招毙命的关键，出手不要犹豫。她渴望已久的周小山的性命就在眼前，他还是那样白净的漂亮的脸，与对方对峙，眼睛却紧紧盯着佳宁。

可是今日若有幸结果了他，一切也就都了结了，残酷的动机，狡猾的欺骗，贪婪的占有，还有此番这无耻的利用，她一刀下去，一切也都了结了。

佳宁抬起了臂膀，手里紧紧握着曾用自己的血开了刃的椰刀，尽力地挥去！

鲜血，飞溅出来。

但那不是周小山的血，要他死的杀手被这个更想要他性命的女人劈中了喉咙，钳制他的力量慢慢消失，那人倒下去死掉。周小山大口地呼吸，看看她："你真是心灵手巧，第一次杀人都这么利落。"

"拜你所赐。"佳宁说，"一条命而已。"

"我还以为会死在你的这把刀下……"小山还要说话，忽然胸口一紧，吐出鲜血。

她立即上去用自己的手擦他的血："你怎么了？哪里不好……"

"没有关系，可能是肋骨断了。"他握住她的手，"那个孩子呢？她还好？"

"就在外面，跟我一样，没有问题。"

小山的嘴角还有鲜血流出，可是清楚地对她说："你救我，原因很多。可是裘佳宁，我告诉你，我只相信我愿意相信的那一个。"

她忽然烦躁起来，继续用手去擦他唇边的血，又不敢用力，眼泪涌上来，自己抹了一把，皱着眉头，懊恼地说："不要再说了，我们这就走，我来开车。你快告诉我，去哪里能够尽快地包扎……"

很远处的山岭上，另一辆车里，有人用望远镜观察着他们。

　　女人开走撞过来的车子，将负了伤的周小山从驾驶座上扶下来，放到后面，小女孩被安置在副驾驶的位置上，她来驾驶，他们上路。车如其人，他的车子一样地抗打耐劳。

　　他放下望远镜，有些懊恼，愤愤地拔掉了自己身上点滴的针头。

　　随从接住，十分惶恐："老板，我们还可以再派人去拦截。"

　　阮文昭扬手就是一个耳光打过去，却软绵绵湿淋淋的，没有力道："阿麦都去了，还奈何不了被夹着不能动弹的周小山，你们都是废物。"

　　"那，小姐，就这么被他们带走？"

　　阮文昭略沉吟，半晌方说："算了，让他们走吧，去他们那里，能有什么问题？"

　　从督麦出来，再未遇到障碍。

　　一路向查才城行驶的途中，眼见日光渐现，天欲晓。

　　佳宁早已忘了惊慌和疲惫，只觉得车子不够快，和周小山来时短暂的路相比，此时如此漫长。

　　小山半躺在后座上，有时闭上眼睛，休息一会儿，她担心他不醒来，又不敢打扰他睡觉，不时看看他。

　　身边的小孩子也一直不说话，不吵不闹，也不会要吃的、要水喝，搂着安全带睡一会儿，很安静。

　　佳宁看看他，又看看她。

微露的晨曦里，那两人同样的白得透明的皮肤，弯弯的浓眉，弯弯的眼，睡觉时，微微翘起上唇，有点不满意的任性的样子。

……

不可能。

第三十章

预感

　　他们在清晨时分终于赶回查才城，车子停在医院门口。小山下车，轻声在她耳边说："辛苦你了。"

　　佳宁没有看他，也没有应声，只是挽住他的胳膊，另一只手牵着安静的小姑娘。

　　他做手术的时候，她等在外面。之前这一夜发生的事情，一幕一幕在眼前浮现，错过了的魔术师的表演，会场的混乱，周小山杀人不眨眼，还有她自己，手起刀落，落在那人的颈上，鲜血喷涌，他们在黑夜里赶路，丛林中发光的兽的眼睛……她痛苦地想，这究竟是哪里？这身上还有血迹的女人究竟是谁？

小姑娘一直坐在旁边看着她，孩子的眼睛让人无处遁形。

佳宁在疲惫和沮丧中流出眼泪来，对那孩子说："对不起，对不起，没能带你去看表演，真是对不起。"

她伸出小手，擦她的泪。

小山出了手术室，脸色有些苍白，可是身体硬朗，没有大碍。

佳宁站起来，却没有走过去，离了一个手臂的距离看着他。

"断了三根肋骨，多扎了几层绷带。"他摸摸自己左侧的肋下，"小伤而已，没什么大问题。"

"那很好。"

"不要哭。"

"我没有。"

小山伸出手去，像那个孩子一样，用自己的手掌擦她的眼泪。

然后他弯下腰，看看这个小孩，摸摸她黑色的头发："嗨，饿不饿？"

有人问了，她方点点头。

小山一手抱她起来，另一手又握住佳宁："我们去吃早饭好不好？拐角就有茶楼，点心非常好。"

他们一同走出医院，查才城的今日，有明媚的阳光。

小山负了轻伤，可是不以为意，看看身边的佳宁，这个女人刚刚保护了他。

被保护着，这么温暖的感觉，多么好。像在北京一样，她还当他是年轻家贫的学生，过问他的难处，不准他旷课，为他添置衣服。

他用力地握她的手。

给小孩洗澡的时候，小姑娘不敢站在淋浴的下面，佳宁问："为什么？"

"这里疼。"她指指自己的耳朵。

小孩子的耳朵都怕水，佳宁好像有点印象。但不洗头发不成，天气这样热，她身上、头发上也有汗味了。佳宁找来一个木盆，洗刷干净了，兑好了温水，然后把小孩子的身体往自己右肋下一夹，让她的头向下，一手托住，一手开始给她洗头，像洗刷一个小冬瓜一样。

这种姿势，小时候妈妈给她洗头的时候就是这样，小孩子一头向下可能会有点害怕，但是绝对不会让水进到耳朵里。

她的小手抓住她的胳膊，佳宁说："马上就好了，嗯，你的头发可真好……"

然后她给她的头包上一个小毛巾，把她放到浴盆里，细细地擦洗她的背，她的腿，她的腋窝处还有她的脚趾，搔一搔她的脚底板，小孩子突然"咯"地一笑，那张从来严肃的没有表情的小脸像阴雨天忽现艳阳，她扭了一下胖乎乎的身子，激起水花，弄得佳宁一脸都是。

她愣住，顾不得擦脸上的水，仔细看孩子的脸，那么不爱笑，可是笑起来那么好看，又明明是周小山的样子。他们全然

不认识，可是怎么会这么相似？

他来接走她的时候，佳宁刚刚给她擦干。

小孩子被小山抱在肩上，佳宁看看他："孩子是我抱来的，我想知道她是谁。"

小山摇头："我想告诉你，但是我并不知道。你跟我，都没有必要知道她的名字。"

她知道他说得对，于是伸手拨了拨女孩额前的头发："那你得跟我说，没人会难为她。"

"……没人会难为她。"

小山开车载女孩去查才将军那里。

她还是坐在副驾驶的位置上，很乖。

她忽然用手按了按自己的脸颊："我有的时候牙疼。"

他看看她："你的牙长齐了吗？"

"16颗。莉莉只有15颗，还摔坏了1颗。"

"恭喜，你疼是因为你还要长的缘故。"

"为什么不见露丝玛丽？"

"那是谁？"

"露丝玛丽每天跟我在一起，看管我。"

"你来这个地方旅行，不一定非得有人跟随。"

"旅行？"

"是离开到别处的意思。"

"妈妈可是去旅行了？"

"……"

"她也不告诉我。"

"……"

她的目光忽然被外面的东西吸引，伸了小手说："那个……"

"芒果馅饼。"

"……"

"你想要？"小山问。

"请你。"

小山把车子停在路边，自己下来，从她的那一侧把门打开，抱她在肩上："你知道吗？芒果馅饼有很多种味道，你得自己选一选。"

老婆婆把金黄色的芒果糜浇在薄饼上，问小孩要哪一种调料。

她没有吃过，难以选择。

小山说："牛奶味的，还是酸奶味的？还可以放一点咸盐和辣椒……加上薄荷的也好吃。"

"……"她皱眉头。

选个好口味的甜品，对孩子可是个大题目。

"不如这样，我们每样都要一个。你每个都尝一尝，你剩下的，我来吃。"

她这才点头。

第一口吃的是牛奶味道的，孩子一口咬下去，白牛奶浆顺着嘴角滴下来。小山没有手帕，用自己的食指去擦她的

237

嘴角。

她剩了一半给小山，然后咬辣的那个，只一口，脸就红了，抬头看着他。小山正吃自己手里的牛奶味的，看她这样连忙说："快吐出来。"

她得了允许才把那消受不了的馅饼吐出，瞪着眼睛，紧着鼻子，吐舌头："这个好厉害。"

小山好奇地看着她，奇怪小孩子的脸为什么会是这个样子的呢？

"是你咬得太多了。"

"我还是要这个。"

"这个我吃了。好吧，给你。"

他继续开车的时候想，说麻烦，也不麻烦，小孩子会比大人和狮虎兽难以到手吗？

不麻烦吗？他们又软又嫩，摸一摸，水珠儿一样，要不是裘佳宁，他怎么敢硬抢到手来就跑呢？

小孩忽然打了个嗝儿。

他看看她，她也抬头看看他。

到了将军的官邸，他被直接带入后宅。

将军在小厅里画画，小山从肩上放下小孩，然后敲敲门。

将军看到了他们就放下笔。

小山说："我今晨回来，这是您要我带回的小孩。"

他走过来，走到他们面前，蹲下身，伸出双臂稍稍搂过小孩，仔细地看着她："不认得我？"

　　她的手还向上拽着小山的手，看着面前的这个人，看了一会儿，很清楚地说："外公。"

　　周小山倒退一步。

第三十一章

灼烧

"香兰去世之后，我想把孩子要回来，阮家不给。

"我也犹豫很久，现在的关系里，我跟他们，他们与我，都不能撕破脸皮。

"可是，我又心有不甘，想了很长时间，还是让你把孩子带了回来。

"过程顺利吗？"

"……像从前一样。"

"那很好，路上跟她说话了吗？"

"有。"

"乖不乖？"

"……"

"小山，你在看什么？你想在她的脸上看到香兰的样子？
那很难找到，她长得极像她的爸爸。

"她长得像你。

"她叫卉。

"她是你的女儿。"

之前似乎隐隐知道答案，可他在那一刻觉得肋骨的伤口
疼。为什么会这么疼？疼得一跳一跳地揪动着心脏，把周身的
血液往一个地方挤压，又在那里冷却、凝结，成顽石冰块，哽
在胸腔里咬啮，人被这坚硬冰冷的疼痛活生生地剖开，他下意
识地伸手扶了一下自己的伤口——真的包扎上了吗？怎么会没
有血？怎么会没有血流出来？

在将军的桌案上摆弄笔墨的卉忽然抬起头来，薄暮的光透
过百叶窗笼在她小小的脸上，孩子的眼睛清澈无瑕，却又带着
疑问，鼻子高，嘴巴小，皮肤白白，那小孩子的脸，却又明晃
晃地就是他的样子。周小山在那一刻忽然感受到他这一生从来
没有过的恐惧感，身子向后趔趄了一下，撞在厚重的雕花红木
大门上，闷闷的"轰"的一声。将军伸手，要扶他的肩膀，小
山猛地闪开，夺路而逃。

她在夜里醒过来，猛地一睁眼。

霹雳的声音。

冷风夹着雨星穿堂而过。

挂钟摆动，3点钟。

　　她穿上袍子去关窗户，又是一道闪电，只见一个晚上未曾露面的周小山站在中庭里。他背向着她，低头，任豪雨浇在自己身上，一动不动。

　　她没迟疑，关上窗，躺回自己床上，头一碰枕头，就开始数绵羊。

　　6742只绵羊没能赶走周小山，裘佳宁咬了牙，弹起来，冲出去，拽住周小山的胳膊，问到他脸上去："给谁看这个样子？难看死了。快回去，你给我进去。"

　　雨水冰冷，可是他的身体滚烫。佳宁吓了一跳，再看他被雨水覆盖的瘦削的脸，苍白得不见一丝血色，那从来熠熠生辉的眼睛此刻疲惫又茫然，看着她，没有焦距。

　　"周小山，"她顾不得自己也只着一袭轻薄的袍子，用力拽住他，往屋里面拖，"你在干什么？你发烧了不知道吗？快跟我进去。"

　　她拖不动他，气得什么话都说出来："你这样可不行，没几天，咱们就了账了，你想装病还是装死？"

　　头发和衣服被大雨浇得湿透，佳宁抹了一把脸上的雨水，双手连推带拽周小山，用尽了全身的力气，好不容易上了台阶，谁知脚下一滑，两个人都倒在了地上。佳宁压在他身上，耳边听见他轻轻呻吟一声，她赶快起来，扶着他起来："小山，你怎么了？你怎么了？你跟我说句话，好不好？"

　　滂沱的大雨中，他看她好久，方才回应："我冷。"

　　这个人的房子里没有药。那么硬朗年轻的身体，从不出状况，所以粗心又骄傲。可他现在不同，什么事情发生在他的身上，硬生生地把他击溃？他的伤口翻出来，身体滚烫。

她把他身上的衣服除下，用毛巾一点点地擦干他的头发和身体，给他盖上被子的时候，看见他还睁着眼睛，嘴唇颤抖。他冷。

"你等着，我去叫医生。"

佳宁刚要起身，被他抓住手。

这让人没有办法，她得怎么做？

她让他攥住自己的手，倾身靠在床头，在他耳畔，声音轻轻地说："不找医生不行啊，你身上还有伤。"

他躺在那里看着她，眼睛里是荧荧的蓝色，她拨拨他的头发，几乎在求他："听我的话，好不好？"

他握着她的手却更紧了，慢慢地说："我想我阿妈。"

她用双手拢住他的手："我也是，我有时也想我的妈妈。"

"……"

"她离开我，爸爸也离开我，我少年时候伤心又难过，有时还怨恨。"

"现在也是？"

"现在好些。当我长大了也就知道，应该他们自己选择自己要过的日子，只要往后何时能拥抱我，我可以一笔勾销。"

他闭上眼睛，很久没有说话。

她以为他睡着了，把手拿出来，周小山指指自己的鼻子：

"我这里疼，又酸又软，难受到了里面去。"

"你得哭出来。"

他闻言没有睁眼，忽然翻转身体，把脸扣在枕头上。

没有啜泣声，只见他肩膀的颤抖。

她犹豫良久，终于伸手抱住他，嘴唇贴在他的耳翼。

天亮得早，大雨在黎明前结束。

早上的热气便会把昨夜的雨水都蒸发掉，没有痕迹。

周小山睁开眼睛，身上的伤痛和高烧慢慢消减。自小生活在这里的他，身体像是绿色的植物，在太阳下仿佛有神奇的光合作用，汁液缓缓流动，生机慢慢恢复。

他想他知道自己是谁，这一天之后再没有怀疑。

要是说，之前还有那么一点点渴求改变的妄想，那在这之后，在终于重新看清了自己的历史，看清了自己身上欠下的那一笔又一笔不能偿还的人命债，包括那曾经深爱着他的年轻美丽的香兰的生命之后，他知道这一生都没有办法翻盘。

小山看看身边，佳宁伏在床沿上睡着，面容安静。

这个在疼痛的时候曾经温柔拥抱他的女人实则应该行走陌路，过着她平稳温馨的生活，他强硬地把她掳来，这么不讲道理。

他伸手，食指慢慢划过她的脸庞，她一被碰触就睁开了眼睛，看着眼前的周小山。她摸摸他的手、他的额头，居然不发烧了。佳宁心底一松，面色和缓："没有吃药也能退烧？你是个奇迹。"

他搂她过来，觉得鼻子里又在疼痛。

"……真是，对不起。"

"……"

与查才城相隔不远的西城，红顶教堂是早年留下的法国殖民地时期的建筑，塔楼的尖顶有一个房间，窄小的窗子被铁栏护住，阳光照进来，一道一道。

秦斌做完了仰卧起坐，然后是俯卧撑，身体活动开了，又冒出一层热汗。

对面山岭的影子掩住第二根铁栏杆的阴影的时候，该有人来送新鲜的食物。

今天稍微晚了一些。

开锁的声音，铁门"吱呀"开了。

他居然看见了他。

秦斌用毛巾擦身上的汗，抬眼看看周小山，脸孔很平静："怎么你终于出现了？来送饭？"

"还有酒。"周小山将手里装着食物的托盘放在桌上，然后为他倒上一杯白酒，双手奉上。

秦斌看一看，没有动。

周小山脖颈一仰，先干为敬。

"我饿了，有饭吃饭，为什么喝酒？"

"为了，"周小山又倒上一杯，"为了你得到我想要的人。"

秦斌坐下来，正在他面前，定定地看着这个人的眼睛，难

以置信。

小山微微笑：“没错，裘佳宁就在这里，不远的地方。

“此地与北京，2100公里，密林，疾病，地雷，还有爱好杀戮的人，可她来这里，只身一人，为了你……”

秦斌扬手将桌面上的酒菜打落在地，下一秒钟双手拽起周小山的衣领，卡住他的脖子，恨得目眦欲裂：“你把她怎么样了？”

周小山都没有挣扎，手中的酒盅送到嘴里，啜一口：“我想怎么样，在北京的时候也都做了。”

秦斌一拳击在他那张残忍可恶的脸上，小山不躲，硬生生地收下来，额角开裂，流出鲜血，自己擦了一下，看着上面的血，忽然笑了：“可她还是为了救你，什么也不顾地赶来这里。”

秦斌只觉得周身热血上涌，被关押以来蓄势已久的仇恨和焦急在身体里奔腾叫嚣，他全然忘了自己根本不是眼前这个恶魔的对手，用尽全身的力气要他死，要跟他同归于尽。

周小山头上、腹部又挨了他数拳，有一下结结实实地打在他的伤口上，小山疼得一闭眼睛，手向后探，拿出枪来，黑洞洞的枪口随即顶在秦斌的太阳穴上。

秦斌停住挥向周小山的拳头，手扶上他的枪柄，慢慢地慢慢地将枪口从自己的太阳穴移动到眉心，他看着周小山和他的枪：“以为我怕死？来，你扣扳机，爷爷我不眨一眼。”

饮了白酒的周小山刚刚挨了打却仿佛心情大好，孩子一样天真地笑，眉梢都扬起来："好，好，我第一次见到你就想有这么一天毙了你。"他几乎笑出声来，"这就送你上路怎么样？然后让裘佳宁去陪你……"

"轰"的一声。

第三十二章

危机

周小山从西城开车上路的时候收到来自海外买家的电话：A材料试验成功，付给他们的最后一批军火将在三天后从缅甸边境运抵。

他对着车子的反光镜擦拭脸上的血，整理有点混乱的衣服。

所以给查才将军，给卉，他今日都有礼物。

一个是交易成功的好消息，一个是可以止牙痛的新鲜的普洱茶叶。

他来到将军的宅邸，在后花园的水潭边看见卉坐在那里，手上抱着小兔子，她也穿着白裙子，像是另一只可爱的兔子。

孩子那样安静，黑亮的头发垂在她的肩上，她有一张他的脸孔，可香兰把美丽的头发留给她。

他在草坪上坐下来，离她还有一段距离，他不愿上前是因为胆怯，胆怯是因为不懂得，不懂得这流着她的血液的小小的生命，如何形成、生长，这么美丽，这么乖。

卉怀里的兔子突然蹦下来，朝着他跑来，卉起身追那只兔子。小山伸手把它逮住，她在他面前停下脚步。

他逆着光看她，孩子周身镶着太阳的金边，他说："嗨。"

"嗨。"

她说："那是我的。"

他要还给她。

她说："哦，你要是愿意，也可以抱一会儿。"

"这么好。"他看着她，不愿意转移开自己的目光，"谢谢。"

她伸手摸摸他受伤的眉角："受伤了？"

他点头。

"疼不疼？"

"不。"

"怎么会？都流血了。"

他低下头，很久才说："其实，疼的，我这里也疼，"他指指自己的肋骨，"还有这里，"他指指自己的心脏，"都是伤，都在疼。"

她的手轻轻放在他的肩膀上。

他抬头看她："你呢？牙齿可好些了？"

"……"

"我拿了这个给你，"小山把装在小口袋里的新鲜的普洱茶叶拿出来，毛茸茸的小尖儿，还是翠绿颜色，上面还有透明的筋脉，那是此地青山绿水的精华，"你哪里疼，就咬上一叶，很快就好。"

卉听了就把口袋打开，捏了一枚小叶放在口里，过了一会儿她说："真的不疼了，谁教给你的？"

"我阿妈。"

原来她的牙齿一直在疼，都不会呻吟，不会撒娇。饿了还是疼的时候，大人不问，她也不说。他的手绕过她圆圆的小腰，轻声问她："抱一下，可不可以？"

她没有回答，手却搂在他的脖子上，这么宽容地先给予一个柔软的拥抱。

他紧紧偎着她，好像要把身上所有的温度、所有的能量都注入这个女孩身上去："以后，要跟我说话，要告诉我，饿了想吃什么，还是哪里疼，都要告诉我，好不好？"

"嗯。"

吃饭是三个人一起。

将军，小山，还有卉。

小山将交易成功的事情告诉他，将军却未见高兴，吃得很少。

卉被保姆带去睡觉的时候，向小山摆摆手。

　　将军见她走了方说话，声音伤感："钱、武器、兵、地盘，我有这么多，可是仔细想想，身边却只有你们二人。"

　　"……"

　　"如果你是我，你高不高兴这样？"

　　"您是将军，我是仆人。"

　　"小山，你以后再不要说这样的话，你早就是我的孩子了。"

　　"……"

　　用人奉上茶来，将军呷一口清茶："听说你今天在西城杀了人。"

　　"那北京来的女人的丈夫，我们已经扣押多时，想要逃走，被我结果。"

　　"她呢？你怎么处理？"

　　"您的意思……"小山说。

　　"你可以再去交涉，做一下努力，争取她留下来，我们给最优厚的待遇。"

　　"我明白。可是如果……"

　　"可是如果她不愿意，那就……"

　　小山转头看着将军，安静地等待他的又一个任务。

　　"她来到了这里，见到了你，见到了我，她知道的事情太多，如果她不愿意留下来，那就也不要让她回去……"

　　周小山明白，查才将军给裘佳宁的两个选择实则殊途同归，A或是B，都要把她的命留下来。

　　将军饮完了茶，准备回房休息，快走的时候，忽然想起了什么，回头对他说："莫莉回来了，完成了任务，但负了伤，你可以去医院看看她。"

　　小山"腾"地站起来。

　　将军摇摇头："小山，我何时才能再找到跟你一样好的掮客？"

　　莫莉躺在病床上，身上覆着毯子。

　　月光照进来，她从前健康美丽的脸孔白得像纸，合眼睡着。

　　小山进了病房，坐在她旁边的椅子上，尽量地轻手轻脚，莫莉却还是醒了，看了他半天，有点不信任。

　　他拨拨她的头发："莫莉，是我。"

　　她合上眼睛就有泪流出来，又不去伸手擦掉，顺着深深的眼窝流到耳侧。

　　"听我说，莫莉，以后再去执行任务，我去哪里，你才去哪里，再不要单独行动。"

　　"我才不干。"莫莉说，声音哽咽，可是语气强硬，"我已经完成了我的任务。我是个跟你一样的掮客。"

　　"为什么一定要这样？"

　　"就是要跟你一样。"

　　她跟他说话的时候，一直在流眼泪，枕际湿了大片。

　　他不想让她再这样哭下去，只好不与她争执，将她的被子角窝好："伤了哪里？严不严重？"

她混乱地摇头："哪里都没有，小伤而已。"

他的手伸到她的被子里："什么伤？快让我看看。"

"没有，没有……"

"快让我看看……

"莫莉，你的手呢？"

她忽然不躲闪了，瞪大眼睛看着他的脸，任他慢慢掀开自己的被子。周小山骇异地看到，那下面的身躯，莫莉那曾经矫健的身躯，被密密包扎着绷带，而她的双臂，自肩膀取齐，荡然无存。

"我要完成任务，我不能被逮到，我得回来见你。

"我炸死一个高手，赔上自己的一双手臂。"

第三十三章

茉莉

在街边快打烊的米粉店里，老板娘把薄薄的牛肉一遍遍地用浓汤汆熟，热气腾腾，芳香四溢。小山要打包带走，老板娘的孩子小心翼翼地把米粉装在小碗里，收了钱说道："外卖不好吃，该吃新鲜的。"

那是个黝黑纤瘦的小姑娘，双臂精瘦有力，十二三岁光景，有明亮的眼睛。

小山看着她，他初次见到莫莉时，她也是这般年纪，没有父母，在江外的街头被争夺地盘的童党打得遍体鳞伤。

小山给她匕首，告诉她人的心脏在哪个地方，刀尖稍稍上翘地刺进去，记得拧一下，谁欺负你就把谁的心搅碎。她当晚杀了一个想要非礼她的大男孩子，手都没有抖，可是第一次杀人，还不善逃脱，被逮到了警察局里。他偷她出来，她就这么跟上了他，她那时还没有名字。3月份，江外城开满了白色的茉莉花，花瓣浮动在空气里，被夜风吹到她的头发上，他说："你就叫莫莉。"

小山摇摇头，看着店家的小姑娘："我的朋友不能出来吃米粉，我买回去给她。"

她把一小包香草给他："吃的时候再放进去。"

他把米粉买回来，上楼的时候，用双手护住小碗，保存热量。

可是走到莫莉的病房，那里却是一片混乱。

小山将米粉放下，然后抓住医生，问发生了什么事情。

医生说："病人自己把插在颈部静脉的输液管咬断。"

十几分钟前，她不流泪了，跟他说要吃米粉；十几分钟后，他在病房外看见她身体抽搐，眼睛上翻，旁边的仪器发出刺耳的声音，心跳拉成直线。

医生们用高伏电压，击在她的心脏上，强迫她回来。

小山转过身，仰头向上看，眼光好像要穿过天花板，直上苍穹，如果她不遇上他呢？如果她还是那个街头的小孩子呢？做什么都好，哪怕是娼妓，她不会悲惨过今天，她至少还有手臂。

因为发现得及时，莫莉还是被救过来，可是昏迷，颈部被插上了更多的管子，医生为了防止她再自杀，用护具固定住了

她的头，她不能挪动。

小山坐在她身边的沙发上眴着了，开始做梦的一刹那硬是醒过来，那也足以记得梦境中唯一的画面：裘佳宁躺在床上，周身插满了管子。

他弹跳而起，三步并作两步地奔下楼，车子在午夜的街道上飞驰，终于回到了自己的家，穿过中庭、场院，一路来到佳宁的房门前，几乎气喘吁吁。

可是那里亮着柔柔的光，她还在，他心下一松，轻轻推门进去。佳宁躺在床上睡着了，睫毛在美丽的脸庞上投下密密的影子，他坐在她床侧的椅子上，贴得近了，仔细看这张脸，伸手拨了一下她的睫毛。然后她醒了，安静地看着他。

"买家给我回信了。"

"……"

"A材料，他们验收合格。"

"是不是要放我回去了？"

"……你见过的那个人，他想要你留下来，为他工作。"

"我有没有选择？"

"……"

"请放我的丈夫回去。"

"你愿意留在这里？"

"我愿意死在这里。

"很早就愿意。"

佳宁流眼泪，可是面孔诚实坦然。

周小山不能面对，头一低，额头抵在她的唇上，声音轻得像是叹息："佳宁，佳宁……"

周小山清晨收到陌生号码的电话，对方打了第三遍，他方才接起。

"我以为你还像从前一样起得早。"

这个声音，时隔数年，他仍听得出。

"周小山，今天上午10点，来西城里都饭店见我。"

"我与你无话可说。"

"我觉得我们有共同的话题，比如我们的国际学校，香兰，她的最后一封信，还有我替你养了三年多的亲生女儿……"

"你等我，阮文昭。"

阮文昭坐在那里，仰脸看看他说："久违了，周小山。"然后他戴上氧气罩深吸了几口气。

小山没有说话，不动声色地打量这个人。

其实，他们都是年纪轻轻。

他印象里有阮文昭的样子，世家子弟，斯文秀气，戴着金丝边的眼镜却难掩锐气，争夺女孩子的爱慕，处心积虑，步步为营。

他娶走香兰的时候，小山在苏格兰偷窃名画，那里又湿又冷，他在互联网上看到他们的照片，阳光很好，一对璧人。

三年多的时间而已。

这个人再出现，苍白，衰老，俨然病入膏肓。

"你从那么远来到查才将军的地方，只要跟我问好？"

"几年不见，你手段更加厉害了，灭了我手下的高手，还把孩子偷了回去。"他说完，继续吸氧。

小山没有说话，他的高手可是被佳宁劈开了脖子的那个人？告诉他那人是被一个女人结果的，阮文昭还走不走得出这里？

"当然我有事找你……"阮文昭看看小山，向后招手，他的随从从另一张桌子那边过来，将一封信放在他的手里。

阮文昭将那封信放在桌上："这是香兰的最后一封信，你是专家，是不是伪造，一眼就知道。"

小山看看那封信，油黄色的信封，缄着红印，已经被打开。

"当然我看过了。"阮文昭又吸几口氧气，"她想要邮出去，我截回来，想要发作，她已经走了。"

小山终于说话，可是声音干涩嘶哑："怎么走的？辛不辛苦？"

"吊在洗手间里，用自己的丝袜，卉在外面等她。我们发现了，把她抬出去的时候，没有让卉知道，所以卉总是在洗手间的外面等她的妈妈。"阮文昭说到这里又要吸氧，可是忽然呛了一口，开始剧烈地咳嗽，浑身颤抖。

小山从酒店的落地窗望出去，绿树掩映间，远远看见教堂的红顶。生长了多年的树，殖民时代就建起的教堂，还有冥冥中住在这里的神灵，他们见过每一个活着的人，他们记不记得她？那么美丽、温柔，那么不遗余力的爱情？

他心里知道她是多么迫不得已，只要还能忍受下去，她又怎么能抛弃了卉，自己一个人走？

"我觉得这对我才不公平。"阮文昭终于平复了咳嗽，"为什么我要爱上这么一个漠视我的女人？为什么她会有你的孩子？为什么那孩子的脸，让人从一千个人里也能分辨出就是你的女儿，让我连装作不知道的机会都没有？还有为什么她恨的明明是她的父亲，人却死在我的手里？"

周小山抬头看他。

阮文昭笑了，将桌上的信推向他："你好好看看这封信吧。"然后他站起来，随从上来搀扶，并推动他的氧气罐，他深深呼吸，透明的气罩上蒙上一层雾气。他步履蹒跚，背向着小山，慢慢离开，小山听见他含混的声音："你猜，我们两个，谁先见到香兰？"

不知过了多久。

从过去的记忆里忽然醒来的小山拿过桌上的信，缓缓打开，安静阅读。

窗外的城市气压陡升，风云急变。

第三十四章 道别

暴雨下了一整天，直至入夜。

吃完了晚餐，卉跟着老师弹了一会儿钢琴。她还在学习基本的指法，小小的手按不了几个琴键，弹出来的也仅仅是一些简单的音节。

练完了琴，她来到外公的书房道晚安。

将军招招手："卉，你过来。"

她走过去，被将军抱在腿上："今天雨真大，是不是？"

卉点点头。

"雨季快要来了，这里会到处是水，外公带你出去旅行，怎么样？"

卉的手指拨动将军腕上的佛珠："好，去哪里？"

"外国，说你的英语的地方。这里下雨，那里有阳光；这里是黑夜，那里是白天。"

"……好。"

"乖，去睡吧，我们很快就动身。"

所以她在深夜被轻轻地弄醒的时候，心里并没有觉得奇怪，既然那里是白天，也许就应该起床玩乐，她揉揉眼睛，看见眼前的人。那是张最近开始熟悉的脸，很好看，和善，给她买芒果馅饼，给她拿来止住牙痛的茶叶。

"要出发了？"卉说。

小山看着她："对，跟我走。"

"叫上外公？"

"我们先走。"

她被他抱起来，放进一个小包裹，有点热，可是上面通气，呼吸顺畅。然后她感觉到自己被这人背在身后，他们轻巧快速地离开，没有一点声音。她紧紧地贴在他的后背上，在黑暗中感觉他在奔跑、攀越，时而隐蔽、等待。她的耳畔，有风声，雨声，他"咚咚"的心跳声，稳定而强健。这种节奏，这种气息，这种被藏在身后的感觉，这是一种来自父性的生物的直觉，穿越了时间的隔阂，穿越了陌生和愧疚，让她稚嫩的心里生出一种从未有过的安定和信任。她把拇指放在嘴巴里。

不知过了多久，卉被放下来，打开包裹，身处在车子中。他用湿毛巾擦擦她流汗的额头和后背，低声问她："你还好

吗？有没有哪里不舒服？"

卉摇摇头。

"那很好，我们出发之前，再去接一个人。"

他推门进来的时候，神色与从前不太一样。

她背对着他，在镜子里两两相望。

周小山穿着夜行的雨衣，发梢濡湿，脸孔被黑色的衣服映得更白，目光黑亮。那样的颜色，鲜艳，有残忍的力量，要把人吸引，然后吞噬掉。

佳宁叹了一口气，她之前化了点妆，最后涂上胭脂。

如今走到这一步，除了自己，谁也怨不了，但是她心里还是清楚的，即使回到过去，凭她裘佳宁，再面对周小山，做的还是一样的事情。

所以，错也不在他，职责而已。

她受了教育，制造物质；他生于此地，奉命掠夺。

可这个人身上也有伤痛，只是不愿意说出来，溃烂在年轻的心底里。

她懂得了，所以能够谅解。

她跟他说话，没有抬头："我不能为你们工作，这个没得商量。

"我这条命，你们想拿就拿去。

"但周小山，就当是我求你。

"请你一定让我丈夫回去。"

她说到后来已经不能再保持镇定了，眼泪夺眶而出，自己拿手背抹了一下。

谁都怕死，她这样妥协，已经是对得起最多的人。

小山过来，拽起她的胳膊，自上而下对正她流泪的眼睛："好吧，佳宁，那就如你所愿，我们现在上路。"

可已经抱着必死的决心的她被周小山塞到车上，发现副驾驶的位置上坐着年幼的故人。

孩子回头看一看，也认出她来，摆摆手说"嗨"。

周小山再不说话，飞车上路。

车子在山道上疾驰，佳宁隔着密实的雨帘，仔细辨认，依稀是来时的路。那时仇人见面分外眼红，他们搏斗争执，车子摔到山坳里，她的刀插在自己的身上。这样想着，肋下的伤口仿佛又疼起来。

周小山这是要做什么？

她小心翼翼地揣测，他可是终于要放她回去？

佳宁在反光镜里看见他的眼睛，他一直专心致志，全速前进，终于在她的注视下微微抬起眼帘。

她见过他的伪装，习惯他的镇静，体会过他的激情，见识过他的残忍，也经历过他的哭泣，可是，许久以后，当她人在北京，再回忆起这个人，只觉得在这个黑暗的雨夜，她在飞驰的车子的反光镜里看见的才是他真正的容颜，那些眼光，有话未说；那些感情，被折射在反面。

车子穿过西城，在湄公河的码头停下，直开到泊口处，有悬挂着紫荆花旗帜的船停在那里。

　　小山的车子急刹住，他终于说话："坐那艘香港快船走，马上起航，不过几个小时，很快就会到达广州。"

　　"……"佳宁没动，这不期然的变故让她悚然心惊，不能反应。

　　小山下了车子，走到她那一侧打开车门："走吧，佳宁，时间不多。"

　　他见她还是不动，干脆伸了手拽她："你的男人在上面等你，我放你们回去，回北京去。"

　　她听到这话，本能地跳下车子，秦斌也在这艘船上？秦斌也在这艘船上！她不计生死，豁出一切地来到这里，只为了找到他，救回他，如今知道他近在咫尺，就在这艘船上，他们可以一起回家！

　　她该高兴不是吗？

　　然而是什么钉住了她的身体，让她本该奔过去，却连一步也无法移动？

　　她隔着大雨看着他，雨水在他们的脸上交汇成河流，他的样子在她的眼前被冲刷淹没，她要看不清他了。

　　她向他伸出手去，想要触摸，确定他的存在，谁知扑了空。

　　小山躲开她的手，开了副驾驶的车门，将卉从里面抱出来，塞在佳宁的怀里："你救回来的小孩子，你把她带走吧。"

　　那柔软的小小的身体在她的怀里，忽然成了所有温暖的源

泉，佳宁用自己的身体护住她："这是你的……"

"谁也不是。"小山说，"抓错了人，又送不回去。你带她走吧，送到孤儿院里，不用太费心力。"

虽然那么相像，她猜得到，他也不会告诉她。欠得太多了，怎么又能加上这一笔？让她带走他的女儿，然后怎样都行，都会好过留在这里。

佳宁把小孩子紧紧地紧紧地抱在怀里。

小山用雨衣把她们裹在一起。

停泊的船鸣笛，小山推佳宁的肩膀："走吧，该上船了，他在上面等你。"

是啊，秦斌还在上面等她，登上了船，就会就此离开这里，回到真正属于自己的世界里去。

佳宁被小山推着往前走，快上甲板的时候，他忽然说："裘老师，事情已经这样了，你能不能告诉我，究竟……"

她转头看他。

"你给的是真的A材料的方程？"

她看着他，没有表情："常规的工作环境下，那是很好的材料，可以用来制造汽车，不过造价太高，没有实际应用价值。如果，如果真的发射到太空里去，高速旋转中，它会像药物的糖衣一样，分崩离析……"

她未说完，他便笑了："是啊，你才是专家。"

汽笛又在催促，她要上船的时候，他拍拍她的肩膀："裘老师，之前得罪了。"

她脚步一滞，可是不能回头。

身体在这一刻仿佛将一切重新经历。他们的意外相识、处心积虑、钩心斗角、你死我活，还有觊觎彼此的身体，水一样的柔情……她的身体在冷雨中发抖，只是抱住卉，自己不能喘息。

有人在上面伸出手来拉她上船，佳宁抬头，果然是秦斌，她想说些什么，为了这历尽磨难的重逢，可是不可能，身体和思想已经不受控制。

她一手抱着孩子，一手拽住秦斌，跨了一大步上了船来，突然脚下一滑，就要被缆绳绊倒，秦斌抱住了孩子，佳宁重重地摔在地上。

他赶紧扶她起来，往船舱里面走。佳宁被压到了原来的伤口，那里本来已经愈合，此时却突然破裂，鲜血从湿透的衣服里渗出来。

"佳宁你怎么了？这里受伤了吗？疼不疼？"

"疼，"佳宁说，眼泪终于找到好的理由，疯狂地流出来，不用抑制，不能抑制，在脸上泛滥，"疼死了。秦斌你去给我找些纱布来，好不好？"

他闻言就去找船家。

佳宁抱起小孩子，趔趄着挪到窗口。

周小山已经不在那里了，车子也开走了。

从来都是如此。

没有问候，没有道别。

可是，如何道别？

说再见？

怎么再见？

佳宁的双手搭在卉的肩膀上，看着她那与小山一般无二的脸，他连她都给了她，那周小山就连自己也要舍弃了。

孩子看着她哭得那样汹涌，伸手去擦她的泪。

她握住那小小的手，声音颤抖地说："那个人，送我们来的人，他是谁，你知不知道？"

"他很好。"

"你要记住他，他是爸爸。"

"……"

孩子的眼睛渐渐有泪光旋转，一眨，落下来。

她把她搂在怀里，也把自己身上的重量负在这个小小的身躯上："不要哭，以后我们在一起，以后，我是妈妈。"

裘佳宁乘坐的船深夜里启航，天色微亮，看见广州港。

同一时间里，周小山已经连夜返回查才城。

莫莉还躺在病房里，她一直没有苏醒。

小山把洁白的枕头压在她的脸上，看着心率仪上的曲线渐渐拉直。

"莫莉，我亲爱的妹妹，我们不能这么活着。"

雨下了两天，一直不停，东南亚的雨季来临。

在这间病房里，他却忽然嗅到茉莉花香。

第三十五章 · 疤疤

　　周小山被带进来的时候，将军还躺在长椅上，他抬眼看看这个跟随了自己多年的年轻的手下，慢慢又合上眼睛——不杀掉，不可以，但是再铸成这样的一柄宝剑，要到什么时候？

　　"小山，我搞不懂你。"将军说，"明明你自己也可以跑了的，谁能追得上你？"

　　"追不上我，但您可以找到她们。"

　　将军闻言笑了，轻松而又笃定："那倒是没错……"

　　"谢谢您愿意最后见我一面。"

　　"我想你似乎会有一些问题要来问我。"将军慢慢地说，"关于你的母亲、香兰、卉，我都可以答复你。小山你从来都

是聪明的孩子，我也不愿意你糊涂上路。

　　"但在此之前，我最后再给你上一课。

　　"古时候有名士铸剑，他能炼出好剑，却总是得不到极品，火候的缘故。

　　"终于有一天，他自己发现，最接近成功的时候，是每天日暮时分，玄铁和炼炉吸收了一天的精华，温度升到最高，只有片刻，那是宝剑铸成的关键。

　　"而总在这个时候，他的女儿给他送饭来，然后离开。他总要看一看她在日暮中的身影，也因此错过铸造宝剑的最佳时机。

　　"不过后来，他的剑还是铸成了。

　　"因为再也没有人给他送饭，然后离开。

　　"因为他把自己的女儿掷到炼炉中去。

　　"骨肉为祭，他得到最好的剑。"

　　将军啜一口茶，又缓缓放下："小山，我只是想要把你铸成最好的宝剑，为此不惜代价。

　　"你的母亲，那场事故，确实是我安排的。

　　"……香兰抑郁而终，当然也跟我有关。但可惜，她是查才的女儿。

　　"卉，我要你把她带回来，确实是想要你们团聚，我想这样算是补偿香兰、补偿卉，或者是补偿你……

　　"还有那个中国女人……"

　　"……"

　　小山听他在说他的母亲、香兰、卉，还有裘佳宁，这些漫漫的心上的疮疤，他怎么能说得这么道貌岸然、波澜不兴？

　　"其实，答案，我已经知道了。"小山伸手探向自己的口袋，身边将军的四个保镖立即掏出手枪，将枪口对准了他。

　　"我进来之前，都已经搜了身，这么紧张，又是为了什么？"

　　只见小山从怀里拿出的是一封信，他让身边所有人看了看，然后通过别人之手递给将军。

　　他看着他将信纸抽出，打开，阅读。

　　他记得那上面，香兰的每一句话。

　　"如果我也能像父亲一样心肠坚硬，其实我愿意把卉一并带走……"

　　第一页，第二页，第三页……

　　将军一字一句，终于看到了最后一页，她的最后一句话是："小山，我代父亲跟你说对不起……"

　　她在那一刻一定是流眼泪了，泪水滴在信纸上，氤氲成一小枚黑点。

　　查才仿佛看到久别的女儿隔着时空在哭泣，便伸了手去擦那黑色的墨渍，徒劳地要为她拭掉泪痕，可是很蹊跷，那墨点竟稍稍地突起，查才将军赫然想到自己铸造了怎样一个擅长毁灭与爆破的精英，猛地抬头，已经晚了。

　　那是周小山制作的最后一颗雷，藏在香兰最后的书信中，微小而威力巨大，骗过了搜身的仪器和老奸巨猾的将军，将军自己手指摩擦产生的热量引爆了炸弹。

只听轰然巨响，威力无穷的爆炸瞬间毁掉了他，毁掉了小山，毁掉了这里。

暴雨下，查才城的这一隅火光齐天。

风雷滚动，大地震颤，引发山洪，奔涌而下，怒浪滔天，席卷一切。

在中国的网络上查阅这个国家的事变和动荡，给人的感觉像是多年以前，痕迹模糊的故事或者演义。

佳宁手指点开英文标题——《Y国军界要人遇袭，嫌犯原为得力助手》。

找不到服务器。

有些消息被屏蔽，像不开掘的坟墓，让人永远不知道底细。

佳宁拿了白水，踱到阳台上向外看。

此时已经是两个月之后，北京的仲春。

人们相互闲聊说，没有哪一年的槐花开得如今年这般美好，碎碎地浮在静谧的空气里，又清又甜。

经典老剧又要重拍了，电视上选秀，热闹无比。

卉在大学子弟幼儿园里插班，开始学说中文，爱吃炸灌肠。

她从浴室里出来，穿着佳宁给她买的上面有爱莎公主头像的浴衣。

佳宁过去，把她的头发擦干净，在脖子上、腋窝下面涂上

痱子粉，亲亲她的脸说："睡觉吧。"

第二日她上班的时候先把卉送去幼儿园，然后自己再去实验室，准备听硕士研究生的答辩。

从子弟幼儿园到材料学院，中间路过研究生宿舍，佳宁本来已经过去了，刹了车又向后倒，向上看见周小山曾经住过的房间，那过去伸到窗户里面去的老枝被修剪掉了，窗子被关严，此时不知道谁住在那里。佳宁戴上墨镜，继续前行。

研究生答辩之前，她接到秦斌的电话，约了中午见面，她答应了。

见了面，她说："恭喜你，听说升任了副主编？还有最近看了电视，那贪官终于成了阶下囚，众多党羽也都被绳之以法。"

秦斌拿烟出来，给她一支，佳宁不要。

"没有什么可恭喜的。"他说，"生死劫后，觉得一切很淡。"

佳宁笑笑，不知道再说什么："最近忙些什么？"

"公安部要彻查国内跟'彼得堡'有关的旅行线路，并要把它压边境线在我们境内的营业部分彻底清除出去。因为我了解一些情况，所以参与调查。"

"我也去过……"佳宁说。

他抬头看看她。

"如果需要，我也愿意协助调查。"

服务员送上来咖啡，佳宁看看手表："下午还得继续答辩呢，我们说正事儿吧。"

他深深吸一口烟，手指有一些颤抖，好半晌没有动。

"秦斌。"她轻轻叫他。

他将烟掐息在烟灰缸里，终于还是从皮包里把离婚协议拿出来。

佳宁接过来，两份，财产的分割在之前都已经商量好了，她简单看了看，在最后签字。

秦斌接过来，也签上自己的名字，没有再抬头看她一眼，只是说："我以为我可以等你，佳宁。可我也想要一个孩子，长得像我，她的母亲看到她，也会想起我。"

她伸手按在他的手上。

有温暖的眼泪滴落下来。

第三十六章　希望

周末到来，灵灵约了佳宁带着卉去游乐场。

这个妹妹居然玩得比小孩子还要疯，佳宁觉得不以为然："你也太过分了，都多大了？返老还童了？"

灵灵一个月以后就要结婚，眼下俨然犯了婚前综合征，最大的反应就是情绪极不稳定。之前还把自己当作小孩子疯玩一气，过了一会儿，三个人一起在肯德基吃炸鸡的时候，又开始羡慕起隔壁的三口之家。

灵灵说："看看，那位女士多么幸福。"

佳宁斜眼看一看，那是斯文稳重的父母带着可爱的男孩。爸爸面目憨憨，脾气老好，是个模范，把烤翅的肉拆下来放在孩子的嘴里。女人微笑地看着这爷俩儿，可是又低下头去，喝自己的咖啡，颈子是一道落寞的曲线。

佳宁淡淡笑笑："你不是她，你怎么知道她幸福？"

灵灵看她："哎呀，这可是个哲学问题了。"

"谁的心里都想要狂野的爱情，只是有人跟现实妥协，有人不肯而已。"佳宁拄着头，从落地窗望向外面，隔壁的女人是前一种，她自己是后一种。可是每个女人的心里都有她的周小山。

灵灵将逢喜事，不在意被心情不爽的姐姐抢白，再想到婚礼的时候还要靠她张罗，连忙将贿赂送上。

她从包包里拿出两张磁卡给佳宁："客户送的，我到时候有事儿，你带小家伙去看魔术吧。"

佳宁接过来看看，原来是齐格菲和罗易终于来到中国，要在天坛表演。

佳宁把卉抱到怀里来，让她看那两张票："怎么样，好不好？你记不记得他们？我们去看大魔术师的表演。"

那晚的天坛被装点成蓝色，祈年殿在玄幻的灯光映衬下如海市蜃楼中的神宫天府，齐格菲身着唐装出场，双臂舒展，修长的手指弹开，绚烂的礼花在空中绽放。观众掌声雷鸣，为大师的到来喝彩。

佳宁没有向上看，她只是出神地看着卉仰起她的小脸，在烟火下忽明忽暗。她搂住她，用力地搂住。

中场休息的时候，卉要去厕所。

谁知看表演的人太多，小孩子都要一个接一个地排队。

佳宁在洗手间的门口等了又等，直到演出重新开始，也不见卉出来。

她进去找，可这一进去就着了慌，小朋友都出来了，里面空荡荡的，却不见卉的身影。

此时罗易在20立方米的透明水瓮中被牢牢捆绑住手脚，他必须在30秒钟之内逃逸，全场的观众都屏住了呼吸。可裘佳宁顾不得欣赏这扣人心弦的表演，她四处寻找卉，每一排座位，每一个过道，每一条缝隙。耳边没有音乐，没有掌声，她什么也听不见，只是觉得浑身冒着冷汗，一个声音在心里说：不能失去她，不能失去她，她是她所有的记忆和一半的生命。

直到演出结束，佳宁再没有办法，只好报警。

她坐在派出所里，描述卉的样子，身边的一个女警官经过："怎么你说的好像那个刚送到这里的小孩？"

她"腾"地站起来，就跟着女警官去认人。

果然卉坐在外面，手放在佳宁给她买的那小小洋装的口袋里。

佳宁扑过去，扶着她的肩膀："你去哪儿了？"

她看看她："人太多，我没有找到你。"

佳宁想，以后再教训她吧，她们的时间还有的是，眼下最重要的是，这个小家伙回来了。

佳宁抱她起来，跟警官道谢。

要离开的时候，她拍拍她放在口袋里的小手："这里面是什么，怎么不拿出来？小心手心里都是汗，会发痒。"

她拿出来，手里紧握的是刺绣的小布袋。

裘佳宁愣住，仿佛回到数个月前，北华大学的实验室里，周小山还是她的学生，送她同样的东西。

打开看，果然是芬芳馥郁的普洱。

她抓住那小小的布袋，抓住卉小小的手，急切地、惊讶地、难以置信地问："是谁？是谁给你这个？"

"爸爸。"

【全文终】

图书在版编目（CIP）数据

掮客 / 缪娟著 . —— 哈尔滨：北方文艺出版社，
2020.3

ISBN 978-7-5317-4550-1

Ⅰ.①掮… Ⅱ.①缪… Ⅲ.①长篇小说 – 中国 – 当代
Ⅳ.① I247.5

中国版本图书馆 CIP 数据核字 (2019) 第 106913 号

掮 客

QIANKE

作　者 / 缪娟
责任编辑 / 路　嵩

出版发行 / 北方文艺出版社	邮　编 / 150080
发行电话 / (0451) 85951921 85951915	经　销 / 新华书店
地　址 / 哈尔滨市南岗区宣庆小区 1 号楼	网　址 / www.bfwy.com
印　刷 / 环球东方（北京）印务有限公司	开　本 / 880mm×1230mm　1/32
字　数 / 185 千	印　张 / 9
版　次 / 2020 年 3 月第 1 版	印　次 / 2020 年 3 月第 1 次印刷
书　号 / ISBN 978-7-5317-4550-1	定　价 / 42.80 元

每个女人心里都有一个周小山。

MEMORY
HOUSE